王宮に秘する獣

Nao Yurino
ゆりの菜櫻

CHARADE BUNKO

Illustration

えまる・じょん

CONTENTS

王宮に秘する獣

高い天井から太陽の光が、きらきらと広間に差し込んでいる。

光に満ちた明るい広間に、雅貴《まさき》は母と二人で立っていた。その雅貴たち二人を囲うようにして見知らぬアラブ人が大勢いる。

雅貴は少し怖くなり、母の袖口《そでぐち》をギュッと摑《つか》んだ。

「ママ……」

「いい？　雅貴。あなたは今日からこの宮殿に住むのよ」

日本にいる時と違い、母は全身を黒いアバーヤで覆い隠していた。そんな母の姿に不安を覚えながらも、雅貴は懸命に母に尋ねた。

「ママ、ここはどこ？」

「シーディア王国よ。ママの故郷なの」

「ママの？」

雅貴が五歳の時だった。日本人である父を交通事故で亡くし、突然、母と二人きりになってしまった。

母は元々日本語があまり上手に話せず、日本に馴染《なじ》めなかったのもあり、結局、自分の故郷へ雅貴を連れて帰ってきたのだった。

母は雅貴を安心させるためなのか、そっと頭を撫《な》でてくれる。そして正面に立っている老齢のアラブ人に声をかけた。

「お父様、本当に雅貴にも王子として地位を約束してくださるのかしら」

「ああ、お前の息子《むすこ》だ。私にとっても孫にあたる。大丈夫だ。その子にもシーディア王国の王族として、確かな地位を約束しようぞ」

「国王陛下！」

背後に立っていた側近らしき男性が困ったような声で叫んだ。

「何かあるか？　私の愛娘《まなむすめ》、シーア王女が息子を連れて戻ってきたのだ。父親が亡き今、母親しかおらぬ息子も王族に決まっておろうぞ」

「しかし、陛下。男子の王族は……」

「わかっておる。この子には王位継承権は与えぬ。争いの種になるからな。結婚するまでは王族の一員として扱おうぞ。それ以降は平民とする。それなら問題はあるまい。なあ、ジャイロフ」

国王は側近から傍らに立つ精悍《せいかん》な男性に視線を移した。

「ええ、父上、可愛《かわい》い妹、シーアの息子です。私も大歓迎しますよ」

「お兄様……」

「よく帰ってきてくれた、シーア。お前が日本人の男と駆け落ちした時は、さすがに私も憤りを覚えたが、こうやって帰ってきてくれたなら、すべては水に流す。お前は父上や私にとって愛すべき花だ。ずっと息子と一緒に王宮に住むがいい」

そう言うと、その男性は雅貴の母を大切そうに抱き締めた。その姿を見て、国王も嬉《うれ》しそうに双眸《そうぼう》を細めた。

「ジャイロフは次期国王だ。彼がそう約束してくれるなら、シーア、お前やお前の息子も安泰だ」

「ありがとうございます。お父様、お兄様」

王女は一代限りとされているので、王女である母の子供は法律によるならば王族にはなれない。だが、雅貴は特例で王族に属することになった。

雅貴、五歳。異国の地で王子として生きることになった瞬間であった——。

❖❖❖❖

雅貴は一人、王宮の奥にある神殿の控え室にあたる広間で本を読んでいた。

いつも一人になりたい時は、この奥の広間で読書に耽《ふけ》ることにしている。祈りの時間以外は誰《だれ》も来ないからだ。

もう、あれから二十年以上経《た》ったのか――。

雅貴は自分が初めて母と一緒にこの国へ来た時のことを、久しぶりに思い出していた。

もしあの時、母が故郷に帰るという選択をしていなかったら、どうなっていただろう。

もし、祖父や伯父が母の言い分を聞き入れず、雅貴を王子にしなければどうなっていただろう。

ありえないことを何度も考える。多くの王族から快く思われていないのがひしひしと伝わってくると、つい実のないことを考えてしまうのだ。王子という身分から時々逃げたくなる。

他《ほか》の王族から陰で『ナクバ』、アラビア語で大厄災と呼ばれているのも耳に入っている。

偽りの王子として、彼らにとっては面白くないことも理解できるので、相手にせずに放っているのだが、母がそれに対して胸を痛めていると聞いて、雅貴も心穏やかにはいられないのも確かだ。

母にはあまり心配をさせたくない。

雅貴は小さく溜息《ためいき》をつくと、手にしていた本を閉じた。

他の王子たちの中傷が雅貴の出自のせいだけではないのはわかっている。この男性らしくない外見にも因る。

日本人の父に似て、肌の色は絹のような色合いで、背格好はがっしりしたアラブ人よりも華奢《きやしや》だ。顔の造作は逆に美姫と謳《うた》われる母の遺伝子が強く出てしまい、女性らしいとまでは言わないが、男にしては綺麗《きれい》で、アラブ人から見ると頼りない感じがするそうだ。

男らしさを第一に求めるアラブにおいて、雅貴はいろんな面で異端であった。

日本人の血が混じっているのに王族を騙《かた》る男。そんな男を王族として迎えたのはシーディア王国の恥だと、陰口を叩《たた》かれている。

だが母のためにも、そんなことには惑わされず、きちんとまかされた務めを果たして、王子としての威厳を保たなければならない。

雅貴は時計をちらりと見て、立ち上がった。

昼の二時から隣国の使節団と会談がある。

雅貴の国、シーディアは、隣国のアデル王国と長年国境について揉《も》めていた。

国境沿いの村、バルデ村をどちらの国が所有するのかという問題で、もうかれこれ二十年ほど両国の関係を波立たせているのだ。

そのため、現地では小競り合いなどが後を絶たない。また双方の国からの独立を謳うテロ組織が暗躍しており、危険地帯ともなっていた。

長い月日の中で、この村はその時代時代に支配する国が変わっていったという複雑な過去を持っており、どちらの国とも己のものだと主張し譲らず、いまだに話し合いは平行線のままだ。

実は双方が譲らないのには他にも理由がある。この地域における石油埋蔵量がかなりの数値であることがアメリカの調査団からの報告でわかっているからだ。

石油。昨今、これに替わる様々なエネルギーが取り沙汰《ざた》されてはいるが、まだまだ石油の占める割合は大きい。それゆえに、石油を産出する国はいまだ諸外国からの注目度も高いのだ。

石油を持つ国は、先進国の援助を受けやすくもなるし、それゆえ産業も発達する。この村を手放すか手に入れるかでは、国の将来が大きく変わる問題であった。

雅貴はこの問題の責任者である。とは言っても、王族の名前だけを冠につけるという国の風習から、責任者になっているだけで、お飾りとしか扱われていない。

それでも雅貴は精一杯、シーディアのためにつくそうと心を砕いていた。

アデルの使節団は一週間ほど、ここシーディアの王宮に滞在するらしい。今回こそ、然《しか》るべき国境を決めねばならないだろう。

雅貴は私室へ戻るため廊下へと出た。

「殿下、雅貴殿下」

そこに声がかかる。振り返れば、側近の一人が控えていた。

「どうした？　何かあったのか？」

「使節団の一行に、あちらの第四王子がいらっしゃるとの連絡がございました」

「第四王子？」

「はい、カフィヤ・ビン・アラバムータ・ラデマン・スリア王子とおっしゃり、噂《うわさ》によると、なかなかの切れ者ということでございます」

「そんな王子が今回一緒ということは、あちらも本気でバルデ村を取り込む気でいるのだろうな」

普段、国境問題の席には名前が出てこない新たな王子の名前に、困惑するしかない。

わざわざ来るということは、多分雅貴と違って名前だけの王子ではなく、政治的手腕に長《た》けた人物なのであろう。この平行線の状態から脱却しようとするアデル側の姿勢が見えるようだ。

「今さらではその王子の詳細も取り寄せることも叶《かな》わないな」

「あちらもそれが目的で、ぎりぎりになって、連絡をよこしたのかと思われます」

「小賢《こざか》しいことを……。押し切られないように、こちらも充分注意しなければ」

シーディアの王子として認められるために、交渉の失敗は許されない。なんとしてでも領土を確保しなければならない。

雅貴は踵《きびす》を返し、自室へと戻った。

やはり雅貴が懸念したように、今回の協議はアデルの強気な姿勢に終始、シーディアが押されるような形になってしまっていた。

「国連の決議で、領土は第二次世界大戦直前に戻すようにと決まったではありませんか」

「それはシーディアの都合のいい考え方。何を根拠に第二次世界大戦前と区切りをつけるのか」

シーディア王国があくまでも国連の考えを主張する一方、アデル王国はアラブ諸国の問題を他国の人間にまかせられるか、とばかりに反論してくる。

この国境問題は、シーディア王国が内戦で苦しんでいた時に、アデル王国がどさくさに紛れて国境沿いの村、バルデを占領し、そのまま自国の領土としてしまったのが始まりだ。都市部のテロ制圧に必死だったシーディアは、国境近くの村までとても手が回らなかったのだ。

だが、確かにその百年ちょっと前は村はアデルのものだったのを、シーディアが占領して奪ったので、取り返されたと言えなくもない。結局は以前から何度も同じことの繰り返しで、実際はどちらの国のものなのか、はっきりしない。

長きに亘《わた》って、両国で取り合いをしている村なのだ。

両者とも一歩も引かぬ様子も気になるが、もう一つ雅貴には気になることがあった。先ほどから両国の話を黙って聞いているカフィヤという第四王子の存在だ。

手入れの行き届いた黒髪に、どこか猛禽類《もうきんるい》を想像させる鋭い双眸。ひしひしと感じられる不遜《ふそん》な態度さえさまになる。またアラブ人特有の瑞々《みずみず》しい褐色の肌に覆われた逞《たくま》しい体軀《たいく》は、雅貴が憧《あこが》れてやまないものだ。

自分もあのような容姿に生まれついていれば、もう少し今の状況も変わったかもしれないと思うと、胸の奥がチクリと痛む。

自分のコンプレックスを刺激する男に、雅貴は苦手意識をぬぐいきれなかった。

雅貴がちらりと正面に座るカフィヤに目をやると、彼と視線が合った。

わざとらしく視線を外すのも失礼に当たるので、軽く目礼をして視線を逸らそうとした。すると、彼の口許《くちもと》に人の悪い笑みが浮んだのが見えた。

「そういえば、そちらの殿下は日本人の血が混ざっていらっしゃるんでしたな」

シーディア側の空気が一瞬緊張に包まれる。シーディアでは、あえて雅貴の出自のことを口にしないのが暗黙の了解であった。

陰口を叩くのとは別で、こういった公の場所で、王子である雅貴の躰《からだ》に日本人の血が流れていることを口にするのはタブーであった。他国の、しかも庶民の血が流れている、即ち、正当な王族ではないと言っているのと同じようなものだからだ。それゆえに雅貴の出自については、臣下たちも慎重に言葉を選んで話している。

そういった配慮をせずに含みなく尋ねてきたのかもしれないが、この男の表情から、わざと雅貴の中のデリケートな部分に触れてきたとしか思えなかった。

雅貴はことさら冷たく答えてやった。

母親譲りの美貌《びぼう》と言われる顔で凄《すご》むと、大抵の人間は言葉を濁したり、あたふたとして、雅貴の機嫌をとろうとする。そういう意味で、かなりの効力があるのは雅貴自身もわかっている。

「ええ、亡くなった父が日本人でしたから。それが何か?」

困った顔でもすればいい――。

そう思いながら、雅貴が男の顔を、目を眇《すが》め見つめていると、カフィヤはまたその薄い唇に笑みを湛《たた》えた。

「何かお気に障りましたかな? 殿下のような綺麗な顔で見つめられると、機嫌を直していただけるように、何か願いを叶えて差し上げたくなりますな」

こいつ――!

雅貴は、カフィヤがわざと雅貴を怒らせるように話をしていることを理解する。

だがやすやすと彼の思うように動くつもりはない。怒らせたいのなら、最後まで笑顔で彼

と対峙《たいじ》してやる。

雅貴は静かな怒りを胸に秘めながら、淡々と彼に話しかけた。

「そう思うのでしたら、バルデ村をシーディアの国だと認めてくだされば、それで充分です」

「それとこれとは話は別だな。あの村はアデルのものだ」

男は余裕の笑みを浮かべて断言する。

「ですから、それは無理だと言ったはずです。議論をお聞きになっていましたか？　国連で決まったことを認められないとおっしゃるなら、双方譲り合い、村をどこかで分割するしか手はないと申し上げたはずですが？」

「一つの村を分割する？　馬鹿げた話だ。村には家族や親族がいる。それらを二つの国に分けるのか？　どこかの国のような話だな」

いかにも馬鹿にしたような響きを持つ言い方だった。

「お互いに譲らないのなら、仕方がないのでは？」

「力で奪い合えばいい。我々アラブの人間は昔から力の強い者が上に立つと決まっている」

「いつの時代の話をされているのですか？　今、我々が戦争など起こしたら、それこそ諸外国の思うつぼです。すぐに両方にそれぞれの思惑を持った国が肩を持つでしょう。アラブがまた諸外国に分割される機会を与えるのですか？」

アラブには諸外国に勝手に分割され、アラブ人には耳慣れない国名をつけられた国がたくさんある。イラク、ヨルダンなどがそうだ。

「過去の過ちを繰り返すほど、愚かではないつもりだが？」

「そういう自信満々でいらっしゃる方が、足元を掬《すく》われるのでは？ 先人たちがいい例でしように」

「足元を掬われるのが私だと？」

「他にどなたがいるんでしょうか」

「ま、雅貴殿下」

後ろに控えていた側近が小声で雅貴を諫《いさ》めてきた。雅貴もこれ以上言っては大人げないと思い、口を閉ざす。途端に、辺りがシンと静まり返った。どうやら、皆の視線を集めていたらしい。当たり前だ。両国の王子が嫌味を言い合っているのだ。注目されないほうが不思議だ。

雅貴は体裁が悪くなり、手元の資料に目を落とした。一方、カフィヤはまだ雅貴のほうを見たままだ。

「え……そろそろブレイクタイムといたしましょう。飲み物と軽い食事をご用意しておりますので、みなさん、あちらの部屋へお移りください」

気まずい雰囲気をどうにかしようと、事務官の一人が合図する。そこにいた誰しもが、状況を察したようで席を立ち、隣の部屋へと移っていった。ただ一人、カフィヤを除いては――。

「顔が綺麗なだけの王子ではないのだな」

社交辞令の勉強をし直したほうがいいのではないかと思われる暴言が雅貴に向かって吐かれる。どうしても雅貴を怒らせたいらしい。

だがこんな馬鹿な挑発に乗るほど雅貴も子供ではない。さらりとかわしてやる。

「それは私の能力を認めてくださったと受け取ればよろしいんでしょうか?」

「そうだな、好きなように受け取るがいい」

横柄な態度でそう言われ、雅貴はこれ以上この男の相手をする必要はないと、顔を背《そむ》け、部屋から出ようとした。

だが。

「――なるほど、しばらくここに滞在する間、退屈しなくても済みそうだ」

雅貴が部屋を出る瞬間、擦《す》れ違いざまにカフィヤが小声で囁《ささや》いてきた。

「それはよかったですね。シーディアにもいろいろ観光地がありますので、滞在中、お出掛けになるのもいいかと思いますよ」

「そうすることにしよう」

闇《やみ》のように黒い瞳《ひとみ》が雅貴を見つめてくる。こういった男は自分が人を惹《ひ》きつける人種であることを自覚している。傲慢《ごうまん》な態度さえも自分の魅力の一つにして、人を虜《とりこ》にすることに長けていそうだ。きっと相当な自信家に違いない。

雅貴はあまり長く見つめていると、いらぬ厄介ごとが増えそうな気がし、早々に視線を外した。

「では、私は失礼します」

背中に男の視線を痛いほど感じながら、雅貴は部屋を後にした。


カフィヤは部屋から出て行くシーディア王国の王子、雅貴の後ろ姿をじっと見つめていた。彼の姿がドアの向こうへと消えたと同時に、意味ありげに笑みを浮かべた。

「ふーん」

顎《あご》を指で触りながら、雅貴を値踏みする。

なかなかの上玉である。相手が王子という面倒な身分でなければ、即刻閨《ねや》へと引きずり込みたいほどだ。

ちょうど半年ほど前に、異母弟のサディルが聖獣の依《よ》り代、亮《りょう》を伴侶《はんりょ》として迎えた。日本人である彼の艶《なまめ》かしさといったら、カフィヤも心を奪われそうになるほどだ。

憎たらしくも可愛い義弟の伴侶なので、横から攫《さら》おうとは思わないが、あの依り代と同じ日本人の血が流れていると思うだけで、雅貴にも興味が湧《わ》いてしまう。

少しだけ触れたことがある亮の肌のように、雅貴もやはり滑らかで、指に吸いつくようなきめ細かな肌なのであろうか。

抱いてみたい——。

抱いて甘い声で啼《な》かせてみたい。

あの冷たく整った表情を淫《みだ》らに喘《あえ》がせ、圧倒的な力で組み伏してやりたい。そして卑猥《ひわい》な言葉で懇願させたら、どんなにゾクゾクとするだろう。

屈辱と快楽で彼を支配できるなら、多少のリスクは厭わない。そんな思いが込み上げてくる。

「私に無礼な態度をとったお仕置きは、きっちりとせねばならぬな」

己の失礼な態度は棚に上げ、雅貴だけを責める。

「カフィヤ殿下、何かおっしゃいましたか？」

部屋に戻ってきた事務官が声をかけてくる。

「いや、急遽《きゅうきょ》来られなくなった大臣に感謝をせねばならぬと思っただけだ」

「感謝？」

今回の会議に出席するはずだった大臣が、インフルエンザで倒れてしまい、急遽、外務省に席を置いていたカフィヤが代理で出席することになった。バルデ村のこともある程度知識はあったので、カフィヤも軽く引き受けたのだ。それが、こんな出会いがあるとは思っていなかった。

会議に参加するにあたり、簡単な説明は受けていた。ハーフの王子が代表であることも知っていたが、滅多に公の場に顔を出さないとされる彼の顔まではチェックしていなかった。

噂では綺麗な王子だと聞いていた。だがこれほどまで自分の好みの外見だとは思いも寄らなかった。男女ともどちらでも構わない、はっきり言えば節操のないカフィヤにとっては嬉しい誤算である。

こんなことなら、出国前に彼のことをもっと調べておけばよかったと後悔するほどだ。

「神も粋な計らいをされるものだ。働きすぎの私に、バカンスを用意されたのかもしれないな」

「は、はあ……」

事務官にとってはぴんとこない言葉らしく、曖昧《あいまい》に返事をするしかないようだ。

「一週間の滞在が楽しみだ」

「殿下、国境問題の解決が先でございます。そのことを重々覚えておいてくださいませ」

「わかっておる。相手のいいように条約を結ばれては、私も父王に顔向けできぬ。押さえるところはきちんと押さえる」

好みの男と、領土を賭《か》けた駆け引きをする。一種の興奮を覚える。すべてをあの男から奪うことができたら、どれだけ爽快《そうかい》だろう。

カフィヤは人の悪い笑みを口許に浮かべ、呟《つぶや》いた。

「久しぶりに胸が躍るな」

❖❖❖❖

午後からの会議も平行線で、一向にどちらが譲るということもなく、一日目を終えた。

以前だったら『神の思し召しのままに』などと適当に理由を作って、うやむやにしていたところもあった。だが、今は違う。諸外国が少しでも多くの利権を得ようと、虎視眈々《こしたんたん》とシーディアとアデルの隙《すき》を狙《ねら》っている。それゆえに、問題を先延ばしすることができなくなっていた。

ソビエト社会主義共和国連邦が崩壊して、アメリカとソ連との冷戦は、あたかも終了したかのように見えた。しかし、今また、ロシアが台頭し、アメリカとロシアを主とした、他国を利用しての代理戦争があちらこちらで勃発しているのが現状だ。

ソマリア、スーダン、シリアしかり。他にも数え上げたらきりがないほど、アラブやアフリカの国々は代理戦争によって疲弊に追い込まれている。

利権を狙う諸外国としては、シーディアとアデルが領土を巡って戦争を起こすことが、この辺りの利権争いを鎮める一番の解決法だと思っているだろう。勝利国に味方していたほうが、石油などを含むすべての資源を好きなように決められるからだ。

そうならないためにも、この領土問題は平和的に、そしてシーディアとアデルだけで、解決しなければならない。『神の思し召しのままに』とは言ってはいられないのだ。

「それをどうしてアデル側は理解を示さないのか……」

会議が終わり、一人で王宮の回廊を歩いていた雅貴は、つい溜息交じりに呟いてしまう。

昔のように権力や力の誇示だけでは国は成り立っていかないことを受け入れなければならないのに、アデルや、雅貴の味方であるはずのシーディアも雅貴の意見には難色を示す。アラブ人と日本人の考え方やものの受け取り方の相違を感じずにはいられない。

雅貴自身も子供の頃からシーディアで育っているので、日本人の感覚はないはずなのに、DNAに刻み込まれているのか、自分がどこか異邦人であることを否めない。

また溜息が出てしまう。

ここ、シーディアにきちんとした居場所がないと感じるので、卑屈になってしまうのだろうか。

だが日本に帰ったところで、やはり自分のいるべき場所はなく、シーディアに骨を埋《うず》める覚悟で生きていかなければならないことに、少し疲れを覚えているのかもしれない。

雅貴は廊下の突き当たりの一際大きな扉の前で立ち止まった。

扉を守る衛兵たちが、雅貴の姿を見て敬礼をする。そしてすぐに扉が開けられた。この扉の先に住まう主《あるじ》、雅貴の母、シーアの命で、雅貴が訪れる際は無条件で通されることになっているのだ。

「シーア様、雅貴殿下がお越しですよ」

ドアのすぐ近くに控えていた女官の一人が、天幕が幾重にも張られている奥の部屋へと声をかけた。

その声に促されるように天幕がさらりと揺れる。別の女官がゆっくりと天幕を持ち上げたのだ。

「雅貴、今日はアデル王国との会議に参加されていたそうですね。ご苦労様です」

天幕の奥からは、とても雅貴ほどの年齢の子供がいるようには見えない美しい女性が現れた。母、シーアだ。

「母上、お風邪《かぜ》を召されたとか。お加減はいかがですか？」

「あ……そうね、風邪だったわね……」

母の視線が宙を泳ぐ。どうやらまた騙《だま》されたようだ。雅貴は小さく息を吐くと、目の前に立つ母を軽く睨《にら》んだ。

「母上。また仮病をお使いになりましたね」

「そうでもしなければ、あなたがなかなか来てくれないからじゃないですか」

母はさっさと開き直り、拗《す》ねながらも雅貴を責めた。その物言いは、いい意味でも悪い意味でも王女らしいものだ。

「一週間に三度ほどは、お呼びがかかるかと思いますが？」

「三度だけでしょう。普通は母一人、子一人なら毎日でも顔を見せに来てくれてもいいのではありませんか？」

母の雅貴に対する溺愛《できあい》ぶりは、いまだ健在である。何しろ他の王族の前でも『雅貴を婿《むこ》にやりたくない。一生側に置きたい』と公言するほどだ。

「母上……」

雅貴の場合は特例の王子なので、結婚すれば他の王子とは違い、一般人として生きていかねばならない。そうなると母のいる奥の宮殿まで出向くのも難しくなるのだ。

母は以前から雅貴が姫であったら、数多くいる王子の誰かと結婚させ、王族の地位を永遠のものにできるのにと、何度も嘆いていた。それこそ耳にタコができるほどだ。

今もその話へと繋《つな》がっていく。

「あなたがもし姫なら、第六王子のザバラン王子など、年頃もちょうどよいでしょうから、すぐにでもお話を進められるのに……」

「母上、ありもしないお話をなさらないでください」

こめかみがひくつくのを指で押さえながらも母を窘《たしな》める。そんな雅貴を見て、母がクスッと小さな笑みを零《こぼ》した。どうやらからかわれたらしい。

「母上……」

「嘘《うそ》よ。あなたが男の子でも女の子でもよかったわ。こうやって私が幸せな気分になれるのは、あなたがいてくれるお陰なんですから」

無邪気にそう告げられれば、雅貴も白旗を上げるしかない。なんだかんだとこの母親には、敵《かな》わないのだ。

「美味《おい》しいお茶が届いたの。雅貴、あなたも飲んでいきなさい」

「ありがとうございます」

アラブ諸国では母親は男子にとって絶大な影響力を持つ。『母親の足元に天国がある』と言われるほどだ。男子は恋人も妾《めかけ》も何人でも持つことを許されるが、母親だけは一人しかいない。それゆえに母に対する敬慕の念は他の女性よりもかなり上だ。

雅貴も例外ではなく、母の命令は絶対であり、また彼女の願いを叶えるのも雅貴にとっては幸せなことであった。

母を守る。父がいない分までも、私が母を守る——。

子供の頃からずっと思ってきた。自分がナクバだと蔑《さげす》まれようが、母を悲しませることのないよう王子として振舞い責務を果たしてきたのもそのためだ。

雅貴は母に促されるまま、部屋の奥へと進み、豪奢な絨毯《じゅうたん》の敷かれている場所へ座った。すぐに茶の用意がされる。

「あなたにはうるさい母かと思われるかもしれないけど、あなたが結婚適齢期に入っているのかと思うと、会える時に少しでも会いたいと思ってしまうのよ」

母の寂しさが空気を介して伝わってくる。雅貴が結婚すれば、なかなか会えなくなることを充分に理解しているゆえだ。

「母上、ご心配されなくても大丈夫ですよ。私と結婚したいと思うような女性はおりませんから」

「そんなことないわ。我が息子ながら、あなたは女官たちに大人気なんですから。あなたが気づかないだけで、それこそ裏では争奪戦が始まっていると耳にしていますよ」

「社交辞令でそう言ってくださっているだけですよ」

気恥ずかしくなり、雅貴は小さく咳払《せきばら》いをした。

そのまま優しい時間がゆっくりと過ぎていく。

「そうだわ、雅貴。一つ用事を頼まれてくれないかしら?」

「なんですか?」

「私の乳母《うば》のソニアの家にこの薬を届けてやってくれないかしら。最近足腰が弱って、なかなか歩けないと聞いているの」

そう言って渡されたのはフランスからわざわざ取り寄せている薬だった。母はいつも乳母であったソニアのことを気にしていた。王族の女性はあまり自由に外出ができない身分であるため、時々こうやって雅貴に遣いを頼むのだ。

「わかりました。夕方なら出掛けることができますので、その時に届けましょう」

雅貴は薬を受け取り、それを懐にしまった。


夕方、雅貴は母との約束通り、ソニアの家に薬を届け、王宮への帰り道を急いでいた。母の代わりにと、ソニアの躰の具合を詳しく聞いていたので、すっかり遅くなってしまっていた。

ゆったりとしたリムジンのソファーに身を預け、街の喧騒《けんそう》をぼんやりと眺めていると、電話が鳴る。助手席に座っている側近からだった。

運転席側と、小さなリビングのようになっている後部座席側の間は、後部座席の会話が直接聞こえないように防音ガラスで仕切られている。そのため運転席側と会話をする際は、ソファーの横に設けられている固定電話を使うようになっていた。

「どうした？」

『雅貴殿下、前の歩道を歩いていらっしゃるのは、アデル王国のカフィヤ殿下ではありませんでしょうか？　供の者もお連れにならず、どうしたことか……』

前方の歩道に目をやると、確かにあの目立つ男、カフィヤの姿があった。

彼の周りには従者らしき男たちはいない。代わりに側にいるのは、ロシア系と思われる美女数人で、公道であるにもかかわらず、べたべたと躰を密着させて歩いていた。

いくらここが戒律に厳しくないシーディアといえども、望ましくない光景だ。あれが外国人の観光客ならば、冷めた目で一瞥《いちべつ》するくらいで済むが、相手は隣国の王子だ。彼の立場を考えても、あまりよいことではない。

「……不本意だが殿下をお乗せしろ」

『御意に』

側近は運転手に指示をし、カフィヤの歩く側へと車を寄せた。

カフィヤもさすがに気づいたようで、眉間《みけん》にわずかに皺《しわ》を寄せたのがスモークガラス越しにも見えた。

側近が助手席から降りて、後部座席のドアを開ける。途端、車内に夜気が流れ込んできた。

雅貴は顔を上げカフィヤと対峙した。

「カフィヤ殿下、お乗りください」

「これは雅貴殿下、こんなところで。女性でも買いに来られたのですか？」

わざと雅貴を怒らせようとしているのだろうか。目の前の男は薄い唇の端を軽く持ち上げ、そんなことを言ってきた。だが、雅貴はカフィヤの質問には無視で返した。

「そちらの女性にはタクシーを。殿下はこの車にお乗りください」

カフィヤは気障《きざ》ったらしく両肩を上下させると、女性らに数枚の紙幣を握らせて雅貴の車に乗り込んできた。そのまますぐに車を発進させる。

「カフィヤ殿下、供の者はどうされたのですか？」

「女を抱くのに供もないだろう？　俺はセックスを人に見せる趣味はないからな」

露悪的にそんなことを告げられる。雅貴は冷静にならなければと、頭の中で数字を数え、心を落ち着かせた。

やはり第一印象通り、最悪な男のようだ。

多分供の者を夜の街で撒《ま》いてきたのだろう。この男の護衛をまかされた者たちは、今頃必死になって探しているに違いない。臣下の苦労も知らずに、そして王族という立場も考えずに、女と遊ぼうとする男に怒りさえ覚える。

雅貴がそんなことを考えていると、彼の双眸が細められる。

「――なるほど、雅貴殿下は供の者に見られながら女を抱くのがお好きとみえる」

「っ……人を馬鹿にするのはいい加減にしていただきたい」

珍しく声を荒らげてしまう。だがカフィヤは自分の悪行を棚に上げ、雅貴が反論するのを楽しそうに見つめてきた。

「抱くのは女だけか？　男はどうだ？」

「そのような質問にお答えする義務はない」

視線をこの男から無理やり外す。だが男の視線は雅貴に向けられたままで、不快感を覚える。

「雅貴殿下が怒ると、怖いものだな」

まったく怖いとも思っていない顔をして、そんなことを告げられる。

「カフィヤ殿下、王宮までお送りします。今夜のことは見なかったことにしますので、少なくとも我が国に滞在している間だけでも、良識ある行動に努めていただきたいものです」

「良識ある行動……か」

吐息だけで小さく笑う。何がそんなにおかしいのか、雅貴には理解できず、再びカフィヤから視線を逸《そ》らした。

王宮までの辛抱だ。こんな男に気を遣う必要はないから、空気のように無視をしていれば、どうにか持ち堪《こた》えられる。だが。

「っ！」

いきなりカフィヤの手が雅貴の手を捕らえたかと思うと、引き寄せた。あっと思った時にはそのまま唇を奪われていた。

「無礼者っ！」

雅貴は勢いよく彼を突き放すと同時に、その頬《ほお》を叩いた。だがカフィヤは痛がる様子も見せず、叩かれた頬に手をやりながらも、その唇に笑みを浮かべた。

「好みの男や女には、まず挨拶《あいさつ》をしなければ気が済まないたちでね。大抵の場合はみんな喜んでくれるが？　中には頼みもしないのに脚を開いてくる者もいる」

雅貴に謝罪するどころか、さらにそんな卑猥なことまでつけ足してくる。

雅貴は慌ててガラス板の向こう側を見たが、助手席に座る側近や運転手には気づかれていないようで、彼らの様子はいたっていつものままだ。

今のキスを見られなかったことに安堵《あんど》しつつも、隣に座る男の顔をきつく睨んだ。

「あなたがつき合っている人間と同じ類《たぐい》だとは思わないでいただきたい。これ以上何かされるなら、不敬罪で訴えますよ」

「不敬とはとんでもない。あなたの美しさゆえに、親愛なる思いを込めただけだ。誤解なきよう」

のうのうとそんなことを言う男に悪意がないとはとても思えない。今さらながらに車に乗せたことを後悔した。

カフィヤから目を離さずに、緊張したまま沈黙を続ける。数分が数時間にも感じられる中、やっと王宮の門に到着した。王宮に入るために守衛室の前で停《と》まる。

ふと窓に目をやると、門の側で門番が何かを退《ど》けようとしているのが目に入った。犬だ。死んでいるのかと思ったが、尻尾《しっぽ》がわずかに動いたのに気づく。

雅貴は一刻も早く車から降りたかったのもあり、すぐさまリムジンから降りた。

「雅貴殿下！」

側近の声がするが軽く無視し、犬に駆け寄った。思ったより大きな犬だった。いや、犬ではないかもしれない。

犬と目が合う。見知らぬ犬なのに不思議と恐怖はなかった。噛《か》まれるとも思えず、雅貴はそっと声をかけた。

「どうした？」

犬が鼻先を上げて、何かを伝えたそうなそぶりを見せる。瞬間、雅貴の中でこの犬を助けなければという思いが湧き起こった。

「誰か、この犬を我が部屋へ。獣医も呼べ。手当てをする」

だが返ってきた答えはカフィヤの声だった。

「離れろ。それは普通の犬ではないぞ」

「カフィヤ殿下、何をもって、そんな戯言《ざれごと》を言われる？　馬鹿馬鹿しい」

「その犬の持つ雰囲気、どこかで覚えがある。どこでだったかは定かではないが……」

カフィヤの印象が悪いのも手伝って、彼の言葉をすんなりと受け入れられない。雅貴は言い淀《よど》むカフィヤを無視し、犬を運ぶよう命令をした。

「カフィヤ殿下、私はこのまま犬と一緒に、別の車を手配して戻りますので、あなたはこの車でお帰りください。それから二度とあのような場所で目立った行動はされませんように。評判が落ちますすよ」

雅貴は釘《くぎ》を刺すのも忘れずにカフィヤにそう告げると、さっさと彼を置いて違う車に乗り換えた。あとわずかの距離であっても、一刻でも早くカフィヤと離れたかった。

雅貴はすぐに車を出発させ、早々に彼と別れたのであった。

❖❖❖❖

ここはどこだろう……。

真っ白な何もない空間。なぜか雅貴は一人彷徨《さまよ》っていた。

三百六十度、見渡す限りどこまでも真っ白だ。赤き砂漠も青き空も何もない。

そこをただ一人、気づけば歩いていた。

――居場所が欲しいか？

どこからか、声が聞こえた。

雅貴が声の主を探すため、辺りを見渡していると、また声が響いた。

居場所を与えてやろうか——?

「居場所とはどういうことだ?」

白い空間に雅貴の声が吸い込まれる。

シーディアに存在する意義が欲しいのであろう——?

存在する意義?

雅貴が問い返した時だった。目の前に大きな銀色の狼《おおかみ》が現れた。

「お前は……」

先ほど王宮の門のところで拾った狼だ。犬だと思っていたのだが、獣医に見せたところ狼だとわかったのだ。

『そう、存在する意義だ。だが、時には足枷《あしかせ》にもなろう——』

狼が人の言葉を話す。

「お前は何者だ!」

そう問いかけた途端、狼が襲ってきた。

「なっ——!」

雅貴が逃げようとするも、すぐに狼が上から雅貴の四肢を押さえつけた。今にも雅貴の喉《のど》仏《ほとけ》を噛み切らんとばかりに、牙《きば》を近づける。

「くっ……放せっ！」

『もう遅い。俺はお前に降りると決めた』

「降りる？」

『そうだ、降りる』

「何を――っ！」

雅貴がそう叫んだと同時に、狼が口を開けて雅貴をまさに飲み込もうとした。

誰か――！


「っ……」

目が覚めた。鼓膜を震わす荒い息遣いは自分のものだ。

雅貴は逸《はや》る鼓動を宥《なだ》めながら、しっとりと汗ばんだ躰を、ベッドから起き上がらせた。

「……夢か」

それにしても生々しい夢だった。狼を助けたのが、よほど印象深かったのだろうか。

雅貴は喉が渇《かわ》き、テーブルの上に置いてあった水差しを取ろうと、ベッドから降りた。だが、体調に変化が表れたのは数歩も歩かぬうちだった。

ドクンッ！

「くっ……」

心臓発作のような激しい動悸《どうき》が胸を襲い、雅貴は床に崩れた。

躰の芯《しん》が何かに炙《あぶ》られたように熱い。焦げつくような鋭い感覚は、雅貴の平常心を奪うには充分だった。

一体……どうしたんだ？

刺すような痛みを伴った熱は、やがて雅貴の下半身に集まりだした。そこで痛みが甘い痺《しび》れへとすり替わっていく。

「なっ……」

溢《あふ》れ出す焦燥感、飢餓感。すべてが狂おしく渦巻き雅貴を狂わす。それと同時に何もしていないのに雅貴の下半身は大きく頭を擡《もた》げ始めていた。

「どうしてっ……」

手で擦《こす》りたくなるのを必死に理性で思いとどまる。

「あっ……」

我慢できずに下半身を床に擦りつけた。

「雅貴殿下！　雅貴殿下！」

部屋の外から大声で誰かが自分の名前を呼ぶのが聞こえた。それではっと我に返り、下半身を床から離す。

「雅貴殿下！」

雅貴が了承をしていないのに、大勢の人間は部屋になだれ込んできた。その中には母、シーアの姿もあった。

「母、上……」

母に手を差し伸べようとした瞬間、どこからか声が響いた。

「雅貴殿下に聖獣が降臨なされました！」

せい、じゅ……う……？

「ああ、雅貴、これであなたはずっと王宮にいることができるわ」

母が泣きながら嬉しそうに雅貴を抱き締めてくる。

王宮に……。

雅貴の意識はそこで途切れたのだった。


『聖獣降臨――』

シーディアの王宮の奥深くに位置する、しんと静まり返った場所で占い師が静かに告げる。その神託はすぐさま王宮中を駆け巡った。国王はもちろん、雅貴の母にまで夜中にもかかわらず報告がされた。

前の聖獣の依り代であった人間が亡くなってすでに三十年余。隣国のアデルにも半年ほど前、久々に聖獣が降臨したと聞き、シーディアも今年こそはと期待していた中での神託であった——。


深夜、そろそろ寝所に入ろうかと思っていたカフィヤの元に、ある一報がなされた。

「雅貴殿下に聖獣が降臨しただと？」

夜伽《よとぎ》をさせる女性を手配できずに、ふて寝をしようかとしていた時だった。従者の一人が報告をしてきたのだ。

「はい、この深夜にもかかわらず、王宮内が大騒ぎとなっております」

聖獣——。

カフィヤの国、アデルにも存在する聖なる獣、神の遣いとされているものだ。その聖獣が降臨すれば、その時代は目ざましく繁栄すると言われている。

アデル王国にも亮という日本人の青年に聖獣が降臨したばかりだった。カフィヤの異母弟、サディルの幼馴染みであった亮は、現在はそのサディルを伴侶としてアデルで暮らしている。

義弟が男の伴侶を持つことにしばし驚きを覚えたが、そのお陰か、干ばつが続いたり、またテロが活発化して衰退し始めていたアデルは、現在どうにか持ち直している。

シーディアの聖獣がアデルの国と同じかどうかは知らないが、同じであれば、聖獣の恩恵を得るために、雅貴は王族の誰かと――いや、雅貴自身が王族なので、相手は誰でもいいのかもしれないが、早々に婚姻を結び、伴侶を選ばなくてはならなくなる。

それが依り代となった雅貴の運命だ。

依り代とは、聖獣が降臨した人間のことを指す。聖獣が降臨すると発情期を迎え、人間の精力を糧《かて》として生きていくことを運命づけられる。簡単に言えば、セックスをし続けなければ死ぬということだ。

ただ、運命の伴侶、真の伴侶を得れば、異常なまでの性欲も治まり、以後は通常に生活することができるようになる。だがそれまでは、雅貴は誰かしらと毎晩、褥《しとね》を共にしなくてはならない。

一方、真の伴侶として選ばれし者は、生きる守護獣の伴侶として一生依り代に仕えることを使命とされるが、その立場は国王の次の位とされることもあり、野心のある人間にとっては、『依り代の真の伴侶』という地位は、なかなか魅力あるものであった。

だがその地位にふさわしい出自の伴侶でなくてはならないのも確かで、相手は王族か大臣の家柄にある人間が選ばれるのが普通だ。そのため、今回のことでシーディアの支配階級の人間らが浮き足立つのは目に見えていた。

シーディアが聖獣に気を取られているうちに、この国境問題を片づけ、バルデ村を掠《かす》め取っていくのも一興だ。

「一計を講じるには、いいタイミングということか」

「え？　何かおっしゃいましたか？」

カフィヤの呟きを聞き逃した従者が聞き返してくる。カフィヤは首を軽く横に振って、小さく笑みを作った。

「いや、別に大したことではない。それよりも私は幸運と言うべきかな。我が国だけでなく、シーディアの国でも聖獣降臨に立ち会うとはな」

するとそこに別の従者が部屋に入ってきた。

「シーディアの大臣が、もし殿下が起きていらっしゃれば、ぜひご足労願えないかと、こちらにいらっしゃっておりますが、いかがいたしましょう」

「大臣が？」

「はい、聖獣について、ぜひご意見を伺いたいとのことです」

カフィヤの片眉《かたまゆ》がぴくりと跳ね上がった。

通されたのは雅貴の私室であり、寝所であった。入った途端、神経を擽《くすぐ》るような甘く芳しい香りがした。多分依り代の発するフェロモンの匂《にお》いであろう。直接的に官能に作用する香りに、カフィヤは気を引き締めた。油断していると取り込まれそうになったからだ。

「このような場所までカフィヤ殿下にお越しいただき、恐縮でございます」

大臣が恭しく頭を下げた。部屋には深夜にもかかわらず、国の重鎮とも言うべき人物たちが顔を揃《そろ》えていた。雅貴に聖獣が降臨したと聞き、全員急いで王宮へ集まったようだ。

部屋の中心には大きなベッドがあり、そこに顔色をなくした雅貴が寝かされていた。酷《ひど》く苦しんだ様子が見え、哀れにも思う。

だがそんな雅貴を見るやいなや、カフィヤの躰に熱が滾《たぎ》った。荒れ狂うばかりに、その熱はカフィヤの全身を駆け巡る。

な……なんだ？

「どうされましたか？　カフィヤ殿下」

カフィヤが立ち止まったのを気にしてか、従者の一人が声をかけてきた。それで我に返る。

「いや、あまりにも雅貴殿下の顔色が悪いので驚いただけだ」

当たり障りのない言葉を口にする。まさか彼を見た途端、欲情したなどと言えるわけがない。

「雅貴殿下はただ今、薬で眠っていらっしゃいます。いきなり発情期に入られたので、やむをえず……」

発情期。

さりげなく周囲に視線を巡らせると、どの人間も雅貴に対して欲情しているかのように見える。それをどうにか理性で抑えているといった様子だ。

聖獣の依り代に顕著に現れるのが発情期だ。女性は年に二回。男性は年中発情期を迎えるとされている。そのため依り代となった人間は発情期に入ると、周囲の人間を引き寄せる独特のフェロモンを発して、己の糧となるセックスの獲物を捕らえようとする。

そのフェロモンは絶大で、誰もが依り代の虜となり、時には依り代を巡って、骨肉の争いに発展することもあり、隔離されることが多いのも事実だ。

しかしそれが周知のことだとしても、雅貴の色気は余りある。

元々カフィヤの好みのタイプだったのもあるかもしれない。アデル王国の依り代、亮の時以上の興奮を覚え、ここに誰もいなかったら、立場も忘れて彼を裸に剝《む》いて組み敷いていたに違いない。

雅貴だけでなく、自分までもが発情期に入ったかのような錯覚を覚えるほどだ。

「国王陛下のお渡りでございます！」

その声に一斉に雅貴の寝所にいた人々が頭《こうべ》を深く垂れる。カフィヤも例外ではなく、頭を下げた。

「雅貴が聖獣の依り代となったとは、まことのことか」

国王は部屋に入るなり、眠る雅貴の側へと寄った。

「国王陛下」

雅貴の母であるシーアが、兄である国王に寄り添った。

「シーア、よくやった。お前は我が妹の中でも特に優れた妹であった。さすがはお前の息子だ。聖獣を呼び寄せたか。これで我が国もまた繁栄する」

「陛下……」

国王は息子の心配をする妹姫の背中を擦《さす》ると、そのままカフィヤへと視線を移してきた。

「カフィヤ殿下、このような深夜にご足労をおかけし、申し訳ない」

「いえ、そのようなことは……。お気遣い、もったいなく存じます」

「ここに来ていただいたのは、他でもない。依り代のことでお聞きしたことがあったからだ」

カフィヤは国王の言葉に顔を上げた。

「先頃、殿下のお国でも聖獣が降臨したとお聞きする。しかも同じく男性が依り代になったという話でしたな」

「はい、仰せの通りでございます」

「実は我が国ではかなり前に男性の依り代がいたというのは記録に残っているのだが、近年は女性ばかりで男性の依り代という存在に慣れておらぬ。我々はどういうことに気をつけなければならないのか、ぜひともカフィヤ殿下にお教え願いたい」

「簡単に申しますと、男性の依り代は一刻も早く真の伴侶を見つけなければなりません。女性と違い、毎日が発情期であります。早く糧を得られる伴侶を見つけなければ、衰弱してやがては死に至ります」

「死！」

部屋が騒然とする。聖獣の依り代が死ぬようなこととなったら、国の未来への夢は潰《つい》えたようなものだ。

そうかと言って次から次へと夜伽の人間を送り込むのも限度がある。だが依り代の飢えを抑えなければ、人を誘うフェロモンを垂れ流し続ける。ある意味、捕食の対象に一般人も引きずり込まれるのだ。

取りあえず大臣のみならず国王も交じえての意見交換がされた。カフィヤも時々意見を求められながら、雅貴の当面の間の処遇を至急決める。

依り代が王族でない場合は、真の伴侶は王族とされるが、依り代自身が王族であれば、その相手は一般人でも構わない。

だが国王の次の地位になるという慣習もあって、やはりそれなりの家柄から相手を選ばないといけないのはあった。

明日から早速、依り代の伴侶の候補を募って、雅貴の花嫁候補を探すことにした。伴侶が現れるまでは、セックスをしなければ弱ってしまうので一刻を争う。だが、高貴な女性相手に婚前交渉はご法度《はっと》のため、結婚するまでは、候補が決まったといっても雅貴の相手をするわけにはいかなかった。

そうなると結婚するまでの間、娼婦《しょうふ》などを手配させて雅貴の飢えを凌《しの》がせるしかない。だが神聖なる聖獣の依り代を娼婦に預けるのにも抵抗があった。

依り代が姫であれば、問題はなかった。特例として聖獣の名の下で婚前交渉を認め、数いる王族やそれなりの身分の男性から真の伴侶を選ぶという段取りがされるだけだ。

だが王子である雅貴に、数多くの姫を引き合わせるわけにはいかない。伴侶に選ばれた姫はいいが、そうでない姫たちは傷物として嫁に行くことができなくなるからだ。

あとは王族の男性に抱かせるか、である。伴侶が決められない場合、アデルでは男性の依り代であっても王子たちが抱く。男同士であっても快楽は得られるし、依り代の伴侶として国王に次ぐ権力を得ることができるのもあり、王子たちの中には競って伴侶になりたがる輩《やから》がいるのも事実だ。そのため陰謀に巻き込まれることも多い。

アデル王国の依り代である亮は、そういう意味では不幸中の幸いだった。

最初からサディルがいたので、伴侶選びに困ることもなかった。それにサディルが初めから彼に快楽を与えていたので、飢えで苦しむこともあまりなかったはずだ。

確かに彼らは彼らでいろいろあったようだが、結局はその困難も含め、運命の出会いをものにしたのだ。

彼らの幸せを思えば、カフィヤとしては嬉しくもあるが、どこか寂しくもある。そしてつまらなくも思う。なんだかんだと言いながらも、サディルは気の合う義弟だったからであろう。

つまらぬ――。

ここ最近、常にカフィヤの胸を占める思いだ。

「――夜遅くに、申し訳なかった」

ふいにかけられた声で、カフィヤは意識を目の前の出来事に集中させる。

「いえ、こちらこそ、あまりお役に立てずに申し訳ありません」

「雅貴は北の塔にしばらく隔離することにした。螺旋《らせん》階段しか出入りの手段がなければ、彼のフェロモンに誘惑されて、襲おうとする輩を排除できようからな」

「それがよろしいかと……」

「我が国の難事にようつき合ってくださった。今宵《こよい》は助かりましたぞ」

「痛み入ります」

国王の労《ねぎら》いの言葉に、カフィヤは頭を下げ、早々と雅貴の寝所を後にし、部屋へと戻った。

カフィヤは自室に入ると、従者の一人を側に呼んだ。

「今夜、北の塔に夜這《よば》いに行くぞ」

「殿下!?」

従者が驚きの声を上げるも、カフィヤは淡々と次の言葉を続けた。

「夜遅くまでシーディア側につき合ってやったのだ。私にもそれなりの愉《たの》しみがなければ、やっていられない」

「それはそうですが……」

なおも難色を示す従者に、カフィヤはちらりと目を向けた。

「こんな機会は滅多にない。それに亮を抱けなかった分、依り代というものを一度、抱いてみたかったしな」

「しかし相手は特例とはいえども、一国の王子。遊びで抱こうなどと、もし事が発覚すれば、ただでは済まされませんぞ」

「相手は依り代だ。もしばれたとしても、発情期に入った依り代に無理やり襲われたとでも言えば、あちらも大きくは抗議できないだろう? ましてや誰かが最中を見ているわけでもなし。それなりの策は考えている」

カフィヤはその形のよい薄い唇に笑みを刻んだ。

「それならば、別に今夜でなくとも。もう少し様子を見てからのほうがよろしいのでは」

「私に誰かの後釜《あとがま》になれと申すか？　依り代になったばかりの雅貴を抱かねば意味がない。今こうしているうちにも、娼婦が呼ばれるかもしれぬ。それらのお零れを私に貰《もら》えと言うのか？　お前は」

「そ……それは……」

「お前の頭は固いな。そんなに固くてどうする、もっと柔らかくなれ。禁断の果実を摘《つ》み取るようで楽しいではないか」

カフィヤの主張に従者は諦《あきら》めた様子で、小さく息を吐いた。

「ですが、北の塔には衛兵もいましょう。どう言うおつもりですか？」

「ふん、我が国は亮が依り代になったばかりだぞ？　この事実を使わぬ手はないだろう？　私には免疫がついており、依り代のフェロモンは効かぬ。よって私がフェロモンに惑わされ雅貴殿下を襲うようなことはない。殿下の発情を紛らわす術も知っているとでも言ってやるがよい」

亮に会った時以上の興奮を覚える。雅貴のことは、前から気になっていたのも確かであるが、あの美しく、そしてきつい眼差《まなざ》しの男を抱けるのかと思うだけで、まだ会わぬうちから下半身に力が漲《みなぎ》るようだ。

つまらぬ日常を少しは潤わせることができるだろうか――？

カフィヤはそんなことを思いながら、部屋から去って行く従者の後ろ姿を見つめていた。

❖❖❖❖

雅貴が閉じ込められたのは、王宮の北側にある塔だった。

昔、国王に逆らった王妃が監禁されたとか、禁を破って婚前交渉をしたがため、嫁に行けなくなった王女を隠すために監禁したとか、いろいろと噂のある王宮内の孤島だ。

王族の使う部屋として整えられているため、置かれている調度品などは質のいいものであるが、外へ逃げられないように、窓には鉄格子がはまり、出入口も塔内に螺旋階段が設置されている。外からは一切上ることのできない難攻不落の塔だった。

「何かありましたら、電話でお呼びください」

部屋の隅には固定電話が引かれていた。電話といっても、王宮内にしか通じない内線専門の電話だ。

「こんなところで雅貴殿下をお一人にしなければならないとは……」

いつも身の回りの世話をしてくれる年老いた女官が辛《つら》そうに表情を歪《ゆが》め、涙を浮かべる。

「……もうすぐ側女《そばめ》候補の女性が参ります。それまでのご辛抱でございます」

側女候補といえば聞こえはいいが、実際は娼婦のことである。自分の主にそんな女性を抱かせるのを辛いと感じているのだろう。

「大丈夫だ……」

雅貴は彼女を安心させるためにも、そう答えた。

「私も浅ましい姿を、たとえお前であっても見せたくはない。下がっていてくれ」

女官は目頭を押さえながら頭を下げると、言われた通り、部屋から出て行った。

ドアが閉まり、女官が石造りの螺旋階段を下りる足音が遠のいていく。雅貴はようやく躰から力を抜いた。そのままベッドまで歩き、横たわる。

すでに熱は高ぶり、下着はぐっしょり濡《ぬ》れている。どんなに我慢をしても、下半身は疼《うず》き、あと少しでも刺激を与えればあっと言う間に吐精しそうであった。

「……どうして、私がこんなことに」

聖獣については王族の教育の一環として習う。雅貴も例外ではない。

聖獣は気まぐれで人間の躰に降臨して、王国を守護する。誰が依り代として選ばれるのかもわからない。王族から選ばれたり、時には王家に縁がある者が選ばれたりする。

そして依り代の真の伴侶という者には、明星の痣《あざ》と呼ばれる星型の痣が躰のどこかに現れるらしい。雅貴はその痣を持つ女性を探さねばならない。

考えるだけで落胆した。とても見つかりそうにない気がするからだ。だが、真の伴侶を見つけなければ、雅貴は永遠に性の飢餓と戦わなければならない。

「どうしたら……っ」

螺旋階段を上ってくる足音が聞こえた。誰か——手配された娼婦がやってきたようだ。

「あ……」

躰が緊張して強張《こわば》る。女性との経験はないとは言わない。実際、留学していた高校生から大学生のうちに恋人と呼べる女性も数人だけだが、いた。しかし娼婦という初めから躰の関係しかない相手とは寝たことがなかった。

鍵《かぎ》を開ける音が静かな部屋に響く。息を飲んでドアを見つめていると、そこには見知った男が立っていた。

「カフィヤ殿下！」

予想外の訪問者に雅貴は混乱した。誰も来ることはできないはずなのに、男は昼間とまったく変わらない不遜な態度で部屋に入ってきた。

「一体、どうされたのです？　ここは誰も入れない場所ですよ！」

雅貴が怒気を孕《はら》んだ声を上げてもカフィヤはまったく答えることなく、雅貴の側までやってきた。そしてベッドに座る雅貴の腕をぐいと引っ張った。

「芳しい香りだな、お前のフェロモンは。どんな人間でも、この匂いに吸い寄せられ、お前を抱きたくなるのがわかる」

「え——？」

いきなりそんなことを言われ、彼の顔を見上げると、雅貴の顔を見つめるカフィヤの視線とかち合う。すると彼の鋭い双眸が少しだけ緩んだ。

「残念だが、女は来ない」

「来ない？」

意味がわからず問い返した途端——。

一瞬何が起こったのか、雅貴には理解できなかった。

「っ……」

いきなりベッドの上で組み敷かれ、噛みつくような獰猛《どうもう》なキスに襲われた。

「何をするんですか！」

雅貴は精一杯抵抗して、自分の唇を塞《ふさ》ぐ男からどうにか顔を背け、口づけから逃げた。だがすぐに顎を摑まれ、再び激しく唇を奪われる。

「んっ……んっ！」

どうにか逃げようと彼の躰を押し返すも、彼の力のほうがはるかに強く、ベッドの上で躰ごと押さえ込まれてしまう。

やっ……。

自分よりも大きな躰に組み敷かれたことなどない雅貴に、大きな恐怖が湧き起こった。

彼が慣れた手つきで雅貴の下肢を弄《まさぐ》る。やがてキスをしている唇の端がわずかに上がったのを唇越しに感じた。

「なんだ、もうびしょ濡れじゃないか」

「っ……」

吐息がかかるほどの近距離でいやらしいことを口にされる。あまり免疫のない雅貴の顔が一気に赤く染まった。

「ウブなことだ」

またもや笑われる。雅貴はこんな辱めを受けなければならない自分に怒りさえ覚えた。

「やめろ!」

改めて雅貴はこれまでにないほど強くカフィヤを拒絶した。手で厚い胸板を押し上げると、先ほどまでとは違い、簡単に雅貴の上からのいた。

「やめろ? 依り代らしくないことを言うのだな。本気で言っているとは思えん」

「何を言う。ここから出て行け! ここは私の部屋だ!」

「そうだな、ここは依り代を監禁する部屋だ。誰も近づけない。そして誰もここでなされることは見て見ぬふりをする快楽の檻《おり》だ」

快楽の檻——。

雅貴の心が傷つく。なるべく考えないようにしていたことを指摘されたのもあるが、そんなところへ監禁されてしまったことに、己の運命を呪《のろ》うしかない。だが、己の弱気をこの傲慢男に悟らせることだけはしたくなかった。きつくカフィヤを睨みつける。

「お前がどう言おうと構わぬ。だがお前はここにいる資格などない、出て行け」

「敬語を使わない雅貴殿下もなかなかそそるものだな。だがそろそろ限界だろう？　可愛いことにお前の先端がひくひくと震えて甘い汁を垂れ流しているぞ？」

　カフィヤが雅貴の先端を指の腹で撫でてくる。

「触るな！」

　鉄の意思で淫らな誘惑から自分を引き離す。少しでもこの男の手管に乗ったら負けだ。

「女は来ないと言っただろう？　私が触らなければ、お前が自分でやるしかないぞ」

「なぜ来ないなどと……っ」

「私が国王に進言して手配をキャンセルした。それに塔の下の衛兵にも、私は依り代に対しての免疫があって、フェロモンも効かないし、依り代の発情を抑える手だても知っていると伝えてある。誰も女が来ぬことを不思議に思わぬだろうな」

「なっ……」

　絶望的になった。この狂気にも似た快感を、今夜一人で耐えなければならないと考えるだけで気がおかしくなりそうだ。もしカフィヤが雅貴を痛めつけるために用意した嘘なら、間違いなくそれは大成功したと言わざるを得ない。

「っ……どうしてそんな酷い嘘を……」

「酷い嘘？　嘘ではないな。私がお前の性欲を満足させてやる」

「……何を考えている？」

「言わなくてもわかるだろう？　それともはっきりと言われたいのか？」

雅貴を見下ろしてくるカフィヤからは、王族ならではの威厳と、そして獰猛さが滲《にじ》み出ていた。

しばらく睨み合っていると、彼が喉を鳴らして笑った。

「抵抗しないんだな。それとも実は私に抱かれたかったか？」

「馬鹿なことを言うな！」

雅貴を片手で制しながらカフィヤが金の腰紐《こしひも》をさらりとほどく。そしてそのまま雅貴の両手首を摑み、紐で一つに括《くく》った。

「なっ……何をする！」

「お前が縛って欲しそうな顔をするから縛ったままでだ。それに手を縛られ自由にならなかったから、私に襲われたと自分に言い訳もできるだろう？」

「カフィヤ殿下っ！」

カフィヤは雅貴の声を無視して衣服を荒々しく床に脱ぎ捨てた。その間も雅貴の上からのこうとはしなかった。

縛られ自由にならない両手が雅貴の恐怖心を煽《あお》る。彼から逃げようとすると、すでに乱れていた着衣を引き千切られた。

「やっ……」

鎖骨から胸、そして腰の辺りまでカフィヤの目に晒《さら》される。彼は双眸を細めた。まるで猛禽類を彷彿させるような仕草だ。

「細いな。抱いたら壊れそうだ」

彼の指が雅貴の鎖骨から胸へと滑る。それだけでも快楽に飢えている雅貴の躰がピクリと反応してしまう。彼が愉しそうに尋ねてきた。

「男は初めてか？」

「初めても何もない！　貴様とどうにかなるつもりなど毛頭ないからな！」

「毛頭ないか……それは愉しいな。快楽と同時にお前に驚きや新鮮さも与えられるということだからな」

「くっ……」

両手が縛られているため、思うように抵抗できない。

彼の手が雅貴の下半身に再び伸びてくる。下着の中に手を入れられ、敏感な場所をやんわりと握られる。

「あっ……」

「色っぽい声だな、男に抱かれたことがないというのは本当なのか？　嘘だろう？」

「無礼者が……」

自分でも恐ろしくなるような甘い声が出てしまったことに驚きつつも、カフィヤに対しては虚勢を張った。同じ王子として彼に屈したくはない。

「まったく気の強い美人だ。それがかえって男をそそるということを知らないのか？」

「知らな……いっ」

壮絶な快感が雅貴を襲う。普段ならこんなことくらいでは感じないのに、発情期のせいか、何倍もの快感が溢れ、雅貴を翻弄《ほんろう》する。

「辛そうだな、今にも爆発しそうだ」

カフィヤがそう言いながら、雅貴の欲望を軽く指で弾《はじ》く。

「ああっ……」

ぴゅっと愛液が先端から飛ぶ。それでも雅貴はどうにか堪《こら》えた。この男の前で無様な格好を見せたくないというプライドが、雅貴を支えた。

「可愛い声だ。私の専属のカナリアとして一時も離さず側に置きたいものだな」

「や……め……っ」

掠れる声で抵抗しても、威力などまったくない。それよりも聖獣が躰の奥で、この快感を貪欲《どんよく》に喰《く》いつくそうと咆哮《ほうこう》しているのを直《じか》に感じる。それに依り代となったせいか、一度躰に快感の焔が灯ると、全身に勢いよく燃え広がり、とてもではないが雅貴だけでは手に負えないものになっていた。

次第に普段感じたことがないほどの性への渇きが、徐々に雅貴を苦しめる。湧き起こる激しい情欲にどうしていいかわからなくなる。自分の意思ではコントロールができなくなり始めていた。

「そんなに私に触られるのが嫌なら、自分でやってみるか？」

カフィヤは手首を縛られた雅貴の手を取ると、その手に雅貴自身を握らせようとした。自慰を強要されていることに雅貴はどうしようもない羞恥《しゅうち》を覚えた。

「何をするっ！」

「何をする？　今言ったであろう？　お前自身で触れるように手伝ってやったまでだが？」

親切そうな顔をし、カフィヤは雅貴に雅貴自身を握らせると、その上から自分の手を被《かぶ》せ、激しく擦り上げた。

「あっ……何をっ……あああっ……」

「テクを使わずとも、この状態ならこうやって擦るだけでも達《い》けそうだな」

「あっ……」

グチュグチュと湿った音が掌《てのひら》の中から聞こえてくる。自分の下半身が頭を擡げ、嵩《かさ》を増しているのが掌を通じて伝わってくる。

すると、ふとカフィヤの手が離れた。

「あ……」

カフィヤの手が離れることによって、自分の手が止まる。今まで動かされていた手は、今度は自分の意思がなければ動かない。カフィヤは吐息だけで笑い、雅貴に命令してきた。

「自分だけでやってみろ。私に見せるんだ」

「なっ……」

すでにあと少しで達けるところまできている。ここで放置されるのは拷問に等しかった。カフィヤにはめられたのだ。最初から雅貴に一人で自慰をさせるつもりだったに違いない。

「くっ……」

我慢できず、雅貴はゆっくりと己の劣情を扱《しご》き始めた。自分を慰める姿、そして雫《しずく》を垂らし始めている分身をこの男にすべて見られていると思うと、悔しくて涙が溢れそうになる。

「あっ……んっ」

だが、もう手は止まらなかった。ただ終着点を目指して高みに上りつめるだけだ。

「いやらしいな……」

カフィヤが雅貴の耳に舌を差し込みながら囁く。

「いやらしくて綺麗だ、雅貴。ストイックで美しいお前がこんなに乱れ狂う姿は、私だけが見るべきだ。他の人間に見せてはならぬ」

「何を……」

この男に独占欲など持たれる筋合いなどない。雅貴は間近に迫るカフィヤの顔をきつく睨んだ。

「挑発するな。もっと酷いことをしたくなる」

「や……めろっ……」

「やめられないだろう？　お前は自分で己を慰めていることを忘れるな」

彼の爪《つめ》が雅貴の鈴口に立てられる。

「ああっ……」

「もっと啼いてみせろ」

絶対声を出すものかと、歯を食い縛ったにもかかわらず、下半身の先端で口を開いた小さな穴を、爪でぐりぐりと抉《えぐ》られた途端、声を上げてしまう。

「はああっ……」

足先から脳天まで電流で貫かれるような刺激に、意識が飛びそうになる。快感が体内で渦を巻き、天井に向けてピンと伸びきったつま先がブルブルと震えた。

「さあ、達く時の顔を私に見せろ、雅貴」

「やっ……あああっ……」

雅貴は呆気《あっけ》なく己の熱を吐き出した。かなり溜《た》まっていたようで、ねっとりとした大量の精液で自分の腹とカフィヤの腹をしとどに濡らす。だが聖獣はこれだけでは足りないようだった。すぐに雅貴の躰の芯に熱が燻《くすぶ》りだす。もっともっと快感を、と強請《ねだ》る聖獣の声が聞こえてきそうだ。

「まだ足りないだろう？　わかっている。今度は私がお前に快楽を与えてやろう」

まだ呼吸も整っていない雅貴にカフィヤが上から覆い被さる。彼の指が雅貴の腿《もも》をすっと撫でただけで、呼吸が荒くなった。

「あっ……もう……だめ……っ。息が……っ」

「ふん、運動不足だな。これくらいで音を上げていては、聖獣の性欲に勝てないぞ」

「なっ……んっ」

彼の指からもたらされる愛撫《あいぶ》に目を瞑《つぶ》って耐える。今達ったばかりだというのに、雅貴の欲望はすでに反応し始めていた。

「どうして……っ」

発情期ゆえなのか、マグマのようなドロドロとした情欲が次々と躰の内から湧き起こってくる。どうにかしてこの熱を外に出さないと、激しい欲望の焔が躰だけでなく魂ごと焼きつくしてしまいそうだ。

カフィヤが雅貴の下肢を濡らしていた精液を人指し指で掬うと親指と擦り合わせ、その粘りけを確かめた。その様子が卑猥で、雅貴は思わず目を背ける。

だが顔を逸らす一瞬、カフィヤと視線が合い、彼の双眸が細められるのを目にしてしまった。彼の嗜虐《しぎゃく》的な性格を垣間見《かいまみ》たような気がする。

「濃くて粘りけがあるな。見た目通り、深窓の姫君というところか」

「なっ……カフィ……！」

抗議の声を上げようにも、雅貴は両脚をこれ以上ないと思われるくらい左右に開かされ、抗議を言葉にする余裕さえ与えられない。

カフィヤの目の前に己の浅ましい劣情を差し出すような格好となり、雅貴は慌てて膝《ひざ》を閉じようとした。だが、彼は初めからそんな雅貴の行動を予測していたようで、己の腰を進め、雅貴の膝が閉じられないように押さえ込んできた。

「カフィヤ！」

「呼び捨てにされるのもたまにはいいものだな」

雅貴がまさに恐怖と戦っているのに、その恐怖を与えている男は楽しげにそんなことを口にしてくる。そして精液で濡れた指を雅貴の双丘に滑り込ませた。

彼が何をしようとしているのか理解できた雅貴は慌てて身を捩《よじ》って逃げた。だがカフィヤはそれを許さず、雅貴を押さえつける。

「やめっ……くっ……」

ズクッという感覚が雅貴の後ろから生まれた。カフィヤの指が後ろの孔《あな》へと挿入されたのだ。

「不敬罪で訴えてやる！」

「不敬罪？　依り代の性欲を満足させるために協力している私をか？　残念だな、性に飢えた お前が無理やり私を襲い、自ら腰を振ったのだと誰しもが思うだろうな。不可抗力で無罪だ」

「くっ……」

「お前も難しいことを考えず、素直に快楽に溺《おぼ》れろ」

「やめっ……」

「やめて欲しくないのに、嘘を言うな」

「手が自由であれば、こんなお前の好き勝手などにされるものか！」

「そうやって今は縛られていることを理由にしておけばいい。今は、な……」

「な……」

カフィヤはそのまま躊躇《ちゅうちょ》なく雅貴の股間《こかん》に顔を近づけると、張りつめた雅貴の欲望を口に含んだ。

「つあ……！」

艶《つや》めいた息が雅貴の口から零れ落ちる。しまったと思い、カフィヤを見やると、上目遣いで雅貴を見つめるカフィヤと視線が絡む。

彼は片方の口端を持ち上げると、雅貴に見せつけるように、今度は男根を、舌を巧みに動かしながらしゃぶり始めた。

「やっ……そんなところ、舐《な》める……な……」

生温かい弾力のある舌が、丁寧に雅貴の下半身を舐め回す。それと同時に雅貴の後ろの蕾《つぼみ》に挿入されていた指の動きも激しくなってきた。

「やめっ……ろ、指、抜けっ……」

「男は初めてであろう？　なら、ここをきちんとほぐさないとだめだ」

そう言って彼は指で雅貴の中を掻《か》き回し始めた。

「はああっ……あああっ……くっ！」

突然、わけもわからないほどの悦楽の塊が雅貴を襲ってきた。意識さえも一瞬飲み込まれそうになる。

あまりの快感に気持ちが高ぶり、涙が溢れる。その涙にカフィヤが躰を起こして唇を寄せた。

「わかったか？　お前のいいところはここだ。ここを使って私を貪欲に味わうがよい」

もう一度、雅貴に教え込むようにカフィヤの指がそこを擦る。

「んっ……ああっ……」

声を出すまいと歯を食い縛っても、どうしても息が漏れてしまう。

次第に彼の指の本数が増える。嫌なはずなのに、それを歓迎する自分がいることを雅貴は感じずにはいられなかった。その証拠に彼の指を何度もぐいぐいと締めつけては、もたらされる快感に溺れる。

男に抱かれたことは一度もない。だが雅貴の躰はどうしたら男同士のセックスが気持ちよくなるのかを知っているようだった。

どうして——？

これも聖獣のせいなのか——。

「あああっ……」

内壁が指で押し広げられる感覚に、射精したくてたまらなくなる。焦がれるような痺れが躰の芯にこもり、雅貴を混乱させた。

特に時折、太腿に当たるカフィヤの熱い肉棒が雅貴を興奮させる。

これで貫かれたい——。

自分でも信じられない欲求が奥底から湧いてくる。どんなに浅ましいと罵《ののし》られようが、カフィヤの中心に息づく猛々《たけだけ》しい楔《くさび》で奥まで犯して欲しいと願ってしまうのだ。

自分でもおかしいと思うのに、そう欲することがやめられない。発情する躰を鎮められるのは、この男しかいないのだから——。

本能で彼を欲しがる。そして続けてあらぬことを口走る。

「早く……早く挿《い》れ……て」

信じられない言葉が、簡単に雅貴の唇から零れ落ちた。

聖獣が言わせているに違いない。自分からこんなことを言うはずがない――。

雅貴は心の中で必死に否定したが、すぐ目の前の男は少しだけ瞠目《どうもく》したかと思うと、いつもの食えない笑みを浮かべた。

「力を抜いていろ。これ以上ないというくらい気持ちよくしてやる」

雅貴の耳朶《じだ》を甘嚙みしながら、カフィヤが今までとはまったく違う低く甘い声で鼓膜を擽った。この男にもこんなに甘い声が出せるのかと驚くほどだ。

「カフィヤ……っ」

指が引き抜かれたかと思うと、雅貴が息つく暇もなく、カフィヤの熱い楔に貫かれる。

「あああっ……」

「くっ……依り代の色気は凄いな、この私でも早々に食われそうだ」

全身が引きつりそうになる。今まで指を咥《くわ》えていたそこは、カフィヤを咥え、目一杯広がった。

「あぁっ……」

雅貴を熱く滾った楔が貫く。雄の侵入を食い止めようと内壁がそれを押し返そうとするも、彼の勢いのほうが強く、強引に狭い場所を押し拓《ひら》いていく。

「はっ、上手だな。さすがは依り代だ。男を受け入れることにも長けている。この私が、挿れただけで持っていかれそうだ」

「ひ……どいっ……んっ」

「酷くない、褒めているんだ。素晴らしいとな」

持ち上げられた腿に音を立ててキスをされる。

「さあ、私を思う存分食いつくせ」

「そんな……の、でき……ないっ……」

そう答えるやいなや、カフィヤの手がすでに涙を零していた雅貴の劣情を掴み上げ、ゆっくりと巧みに愛撫し始めた。

「ああっ……はあっ……もう……達く……っ」

「だめだ。もっと私を愉しませろ」

カフィヤの指先に力が入る。雅貴は下半身をきつく締められ、射精を堰《せ》き止められた。

「な……何をっ……」

「私の許しなく勝手に達くことは許さん」

達けないという恐怖は一層、雅貴の射精感を募らせる。

「や……達く……達きたい……っ……離し……ああっ……」

抗議の声を掻き消すように男の腰が激しく打ちつけられる。両手を縛られているため、自分の躰をしっかり支えることができず、カフィヤに揺さぶられるまま躰を蹂躙《じゅうりん》される。

脚を大きく開かされ、男を受け入れる姿を思い浮かべてしまい、羞恥からか、雅貴の下半身はますます大きく反り返った。

ああっ……気持ちがいい――。

理性が振り切れる。ただ達きたいという思いだけが雅貴を突き動かす。

「あ……もっと……、もっと奥まで……っ」

早く達きたくて淫らなことを口にしてしまう。途端、カフィヤが舌打ちをした。

「くそっ……なんていう色気だ」

突然カフィヤが獰猛に襲う。

「ああっ……」

奥まで突かれ、それを逃すまいと貪欲に締めつけると、絶妙のタイミングで引き抜かれる。

壮絶な愉悦に躰を支配されて、脳みそが熱で膨れ上がりそうになった。

強烈な熱に爛《ただ》れた内壁を力強く擦り上げられ、嬌声《きょうせい》が漏れる。

もう何も考えられなかった。早く達きたくてたまらなかった。

今さっき指で教えられたスポットに、彼自身が当たるように雅貴は自ら腰を動かし、彼を扇情的に誘う。

「本当に可愛いな、お前は」

カフィヤが息を上げながらも呟くが、雅貴は彼を睨むことしかできなかった。

「雅貴、お前を私から離れられぬようにしてやりたい」

一層カフィヤの動きが激しくなる。雅貴は躰の芯から湧き起こる淫猥《いんわい》な痺れに、身も心も屈従させられる。

理性ではどうにもならなかった。ただ、達きたいという思いが溢れる。

「カフィヤ……達かせ……て……くれ」

涙が溢れ、もうどうにも熱を鎮めることができなかった。この狂おしい熱を早く外に吐き出したい。そのためにはこの忌むべき男に願うことも厭《いと》わなかった。

「雅貴……」

甘い声で名前を呼ばれる。ふと視線を彼に向ければ、柔らかいキスが唇に落とされた。まるで恋人同士のようだ。

「お願いだ、もう我慢できない……っ」

「仕方ないな。私は優しい男だ。お前の願いを聞いてやろう」

雅貴の劣情を縛めていたカフィヤの指が解かれる。

「あああっ……」

途端、堰き止められていた熱が一気に溢れ、雅貴は白濁とした体液を大量に腹の上に振り撒いていた。

「あっ……」

すべてを吐き出したにもかかわらず、彼を咥えている場所が淫靡《いんび》に疼く。内膜がぞくりと蠢《うごめ》くのがわかった。

「ああっ……動く……なっ……」

「無理なことを言うな」

カフィヤが雅貴の腹に精液を塗り込めるようにして撫でると、腰の動きを一段と激しくした。

いまだ快感に翻弄される雅貴の腰を彼が強引に引き寄せる。最奥へと男の欲望が捩《ね》じ込まれた。

「あっ……あああっ……」

どこまでも奥へと打ち込まれた熱い楔に、雅貴は怖くなった。痺れるような熱さから逃れようと喉を仰《の》け反らせれば、彼が雅貴の喉に甘く歯を立ててくる。

「お前は私だけのものだ。他の誰にも抱かせない……」

熱に浮かされたようにカフィヤがそう囁く。彼のものではないのに、そうであるかのように洗脳されそうだ。

「あああっ……はあっ……もう……だめっ……だ」

意識が朦朧《もうろう》とし始めた頃、躰の最奥で熱い飛沫《ひまつ》が弾け飛ぶのを感じた。カフィヤが雅貴の

中で達ったのだ。

中出しされたことに酷くショックを受けるが、躰のどこかでこれを待ちわび、咆哮を上げ悦《よろこ》ぶ聖獣がいるのを感じずにはいられない。痺れるような甘さに溢れ、雅貴の下半身は今達ったばかりだというのに、また頭を擡げ始めていた。

そんな——！

吐精したのに、いまだ雅貴を離さぬカフィヤが、狼狽《ろうばい》する雅貴を見下ろしてきた。

「さすがは依り代だな。まだまだ達けるということか。私の精力に一人でついてこられるとは、面倒がなくてよいな。あと数回はやれそうだ」

「や……めっ……」

彼の腕が再び雅貴を引き寄せる。雅貴も口では嫌だと言いながらも、覚えたての快感を期待し、躰の芯をぞくぞくと震わせた。何よりも彼に激しく抱かれたくて堪らなかった。

「ああっ……」

彼の体温を素肌に感じつつ、雅貴はゆっくりと目を閉じたのだった。

カフィヤは雅貴を起こさぬように静かに部屋を出た。こんな気遣いは他の人間相手ではしたことはなかった。あまりにも可愛らしい寝顔だったので、起こすのが忍びなかったのだ。目を開けている時は澄ました美人で少し生意気っぽいのだが、目を閉じると、どこかあどけなく、可愛らしく見える。そのギャップがたまらなく、カフィヤの心を鷲掴《わしづか》みにした。

相手を起こすことに躊躇したのも、生で中出しをしたのも初めてだった。

王族の子種は時にはスキャンダルにも発展するので、カフィヤとしても普段から気をつけている。たとえ相手が男だとしても病気のこともあるので、必ずゴムをつけるようにしている。だが雅貴相手では、そんな余裕もなかった。彼の色気に取り込まれていた証拠だ。

螺旋階段を下りて行くと、下で従者が衛兵と待っていた。

「お疲れ様でございます。お話は弾まれましたか？」

衛兵が近くにいるからこその言葉だ。衛兵らにはカフィヤは依り代のフェロモンに対して免疫があるから、雅貴に近づけ、そして気晴らしに話し相手になっていたと本気で信じているゆえに、それらしいことをわざと口にしたのだ。

「ああ、よく話をしてみると、お互いウマが合うようだ。しばらく通う約束をした」

口からでまかせを言う。すると従者は心得たように、よかったですね、と答え、早々にその場からカフィヤを連れ出した。

「……朝の雅貴の身支度の世話はこちらの従者から出せ。シーディアの者をあの部屋に入れるな」

「かしこまりました」

雅貴のあのしどけない姿を見たら、夜に何が行われたのか一目瞭然《りようぜん》だ。証拠隠滅のためにもアデル側の人間を先に行かせねばならない。

しかし——。

しかし、あのような雅貴の姿を、たとえ使用人であろうが見せたくない思いもあった。もしかしたら使用人がフェロモンに中《あた》って雅貴に襲いかかるかもしれない。

「……っ」

「どうされたのですか？　殿下」

カフィヤの足が止まったのを不審に思ったらしく、従者が声をかけてくる。

「……私も行く」

「え？」

従者がカフィヤの言葉が信じられないような顔をして見上げてきた。

「雅貴のところへ私も使用人と一緒に顔を出す」

「殿下が、ですか？」

わずかばかりに従者が驚くのが伝わってくる。それもそのはずだ。カフィヤが寝た相手のことを気遣ったり、ましてやその身支度の世話をする際、同行するなどと口にしたことは一度もない。

「そのようなこと、使用人におまかせになれば……」

「……依り代のフェロモンの犠牲者を出さないためだ。私がいれば、皆も気を引き締めるだろうからな」

「かしこまりました」

雅貴を誰にも触れさせたくない。これから彼にあてがわれるであろう娼婦にさえ苛立《いらだ》ちを覚える。単に性欲を発散させるだけでいいなら、自分が相手をしてやっていいとさえ思う。

自分が——。

カフィヤの脳裏に閃《ひらめ》きが走った。

雅貴を自分のものにしてしまえばいい。少なくとも真の伴侶が現れるまで。いや、真の伴侶など、見つけなければいいのだ。その件なら、どうにでも手が回せる。彼が誰かと伴侶になるのかと思うと、どうにも気分が悪くなる。

なら——。

アデルに男の依り代、亮がいることを使わぬ手はない。

こう言えばいいのだ。アデルには秘密の果実があり、それを食べると聖獣は発情を抑えられると嘘をつく。亮もその果実のお陰で、無理な性交を強いられなくて済んだとつけ加えればさらにいいだろう。

娼婦相手に性欲を満たしていて、万が一、娼婦に子供ができたらどうするのか、依り代の伴侶となって権力を得たいがために避妊具などに細工をされる可能性も高い、などと揺さぶりをかけるのも忘れずにせねばなるまい。

花嫁候補がしっかりと決まるまでは、性交をすることなく発情を抑えるその果実を食べることを勧める。しかしその果実は門外不出でアデルから出すことはできないので、雅貴自身をアデル王国に連れ帰りたいというのはどうだろう。

相手は敵対しているアデルだ。王子をそこに預けることにもちろん反対意見も出るであろう。だがごり押しは得意中の得意だ。少し甘い餌をチラつかせれば意見は通せそうだ。何しろあちらは男の依り代の出現に藁《わら》をも縋《すが》る気持ちでいるのは、手に取るようにわかる。

「面白いことになったな」

カフィヤの小さな呟きに後ろを歩く従者が声をかけてくる。

「殿下、何かおっしゃいましたでしょうか?」

「いや、独り言だ」

元々雅貴の顔や躰つきは好みで興味があったが、相手の立場を考えると無闇に閨まで誘い込むのは、奔放なカフィヤでもさすがに躊躇するところがあった。だが、今は違う。大義名分もあるし、躰の相性もいいことがわかっている。まさにただの興味から執着に思いが変わっていくのを感じずにはいられなかった。

そしてその朝、カフィヤは雅貴の身支度に顔を出した後、早速シーディアの国王に謁見し、雅貴をアデルに連れて行くことの了承を得たのだった。

❖❖❖❖

もう、どれくらいこの責め苦に耐えているのだろう。時間の流れもよく把握できなかった。

雅貴はカフィヤのプライベート・ジェット機の一番奥に作られている彼の寝室のベッドの上に全裸で座らされていた。

両手は革ベルトで作られた手錠で一括りにされ、壁に鎖で繋がれている。さらに脚は左右に大きく開かされ、これもベッドの上に長めの鎖で固定されていた。

「くっ……はっ……」

躰の中に差し込まれた異物が雅貴の前立腺《ぜんりつせん》を刺激する。

開かされた両脚のつけ根の間から、小さく震える下半身につけられたリングと、その下、いわゆる肛門から伸びているコードが目に入る。コードの先端は雅貴の体内に挿入され、先ほどから細かな振動を繰り返し伝えていた。カフィヤがプライベート・ジェット機に乗った途端、雅貴の服を剝《は》ぎ取り、コックリングをはめ、ローターを挿れたのだ。

雅貴は朦朧とする意識の中、自分の躰を弄《もてあそ》ぶ男の顔を思い浮かべた。

たとえ、この蛮行が聖獣の飢えを凌ぐ行為であったとしても、私はあの男を許すことができるだろうか――。

「くふっ……」

我慢しても熱い吐息が唇から零れてしまう。どうやらただのローターではないようだった。微量ながら電気刺激を雅貴の内膜に与えてくる。末梢《まつしよう》神経全体を襲うような直接的な刺激が、達ってもいないのに達ったような感覚を雅貴に伝えた。もちろん下半身がリングで縛められているので、絶対達くことができないのに、だ。

「あああっ……」

何度目かわからない深く、そして強烈なオーガズムを感じた。達かずに味わうドライ・オーガズムというものである。

「あっ……はああっ……」

崩れてしまいたいのに、両手を壁に繫がれているために、それさえも叶わない。脚を開かされたままがっくりと項垂《うなだ》れる。

こんな拷問のような快楽を与えるカフィヤを恨む。だが最も忌むべきことは、この行為自体を、実は雅貴の躰が悦んでいるということだ。

信じられない――。

己の中に入り込んでいる聖獣が、快楽を存分に貪《むさぼ》る。そして歓喜の雄叫びを上げているのが、まるで雅貴の鼓膜に響いてくるようだ。

己の心はこの状況を嫌悪しているのに、躰は歓喜に溢れている。

こんな躰、国中の皆が待ち望んでいたのかもしれないが、いらない。

一瞬仄暗《ほのぐら》い考えが生まれたが、母を残して死ねないと思い直す。

父が早く亡くなった代わりに、自分が母を守ると子供の頃からずっと胸に秘めていた誓いを思い出す。先にこの世から去ることなどできない。

母上――。

雅貴がきつく瞼《まぶた》を閉じた時だった。部屋のドアがノックもされずに開く。カフィヤだ。

「飛行機の乗り心地《ごこち》はいかがかな？　先日、ガルフストリームの最新型に買い換えたんだが、なかなか快適であろう？」

「これのどこが快適だ、と……っ……んっ」

わずかな電気が雅貴の体内を刺激する。

「強気なことを言っても、かなりソレを気に入っているようだが？」

蔑むように言われ、雅貴の表情が歪む。だがそれさえも目の前の男にとっては愉しむべきもののようだ。

「気に入るものか！　これを抜け！　そして手錠も外せ！」

両手が自由になったら、まずはこの男の頬を殴らなければ気が済まない。

怒気も露《あらわ》に叫んだのに、カフィヤは小さく息を吐くだけの笑いで受け止めた。

「それは困るな。私も暇ではない。いつも抱いてやれるとは限らないから、今のうちに道具でも愉しめるように調教しておかねばならぬだろう?」

「そんな必要はない！　それよりも発情を抑える秘密の果実があれば、こんなことは無用だ！」

カフィヤの片眉がぴくりと跳ねる。

「ああ、秘密の果実か……あれは私のことだ」

「何を?」

意味がわからない。この男と会ってから雅貴には意味のわからないことだらけだ。この男こそが本当のナクバに違いない。

きつく睨み上げていると、カフィヤの形のいい唇が笑みを作った。その笑い方に嫌な予感が走る。

「私がお前の秘密の果実だ。私がお前に快楽のすべてを与えてやる」

「馬鹿なことをっ……」

「どんな表情をしても、私をそそるな。可愛い男だ」

カフィヤの指が雅貴の頬を撫でてくる。

「……触るなっ」

顔を左右に振って、カフィヤの指から逃れる。だが今度は顎をきつく摑まれ、顔を固定された。

「国王や母上まで騙したというのか！」

「騙してなどいない。私は秘密の果実があると言っただけで、それが本当は私のことだとは言っていないだけだ」

「詭弁《きべん》だ！　放せっ！」

「そういう気の強いところが、私の嗜虐心を煽るということを、いい加減学習しておいたほうがいいぞ？」

「何を……うっ」

躰の中に入っていたローターの振動が一気に大きくなった。よく見るとカフィヤの手にはコントローラーが握られている。

「私はお前の愛人や側女とは違う！　やめろ！」

雅貴は精一杯の声で叫んだ。

「ああ、違う。お前は王子だ。丁寧に扱っているではないか」

「どこが丁寧だ」

雅貴の声に、カフィヤがおや、というふうに片眉を撥ね上げた。

「私自ら、お前を調教しているではないか。愛人や側女程度であれば、従者に仕込ませておいてから相手をする。王子であるお前だからこそ、私も誠意をもってつくしているのだろう？　わからぬ奴だな」

「この鬼畜が……っ」

カフィヤの指が雅貴の下半身を強く握ったせいで激痛が走る。あまりの痛さに雅貴は喉を仰け反らせた。すると、その喉笛を噛み切るような仕草でカフィヤが歯を立ててきた。

それさえも発情しているせいか、次第に痛みから甘い疼痛《とうつう》へとすり替わっていく。

「ああっ……」

カフィヤの手管に陥落させられる。快感に弱くなった躰はどこまでも素直で、貪欲だ。

「どうして……こんな……」

抱くならこんな根こそぎ奪うようなものではなく、もっと優しく抱いて欲しい。心が休まるような穏やかなセックスがしたい。

快楽に飲み込まれ感極まって涙が溢れてくる。自分を抱くカフィヤに鎖に繋がれた手を伸ばそうとした。

「もっと……優しく……抱いてく……れ」

ふとその思いが口から零れてしまう。しまったと思った時には遅かった。カフィヤの傲慢

な笑みとかち合う。

馬鹿にされたと思う。女子供が言うならまだ可愛げがあるが、男である自分がそんなことを口にして、彼もつい笑いが込み上げてきたに違いない。

アラブの世界では男は強くあれ、とされているのだから――。

雅貴は慌てて視線を彼から外した。だが、カフィヤの手が雅貴の手を摑んだ。そしてその指に舌を絡ませる。

「あっ……」

指先にまで快感が染み渡っているのか、舐められただけで強烈な痺れが躰に走る。

「私も相当がっついているようだな」

彼が苦笑交じりに返してきた。彼もまた己のらしくない姿を恥じているようだった。

この男――。

ただの傲慢でいけ好かない男ではないのかもしれない……。

雅貴の胸に今までとは違う感情が生まれる。

カフィヤの顔を黙って見つめていると、彼の眉が少し困ったように顰《ひそ》められた。

「私は別にお前を虐げたり、蔑んだりしているつもりはない」

「カフィヤ……」

「確かに、お前に聖獣が降臨して、セックスしないと生きていけないという状況につけ込んではいるがな」

そう言うと、雅貴の指の股《また》を舌でぺろりと舐めた。

「私はお前の餌《えさ》だ。餌だと思えばいい。毎日私を食べなければお前は衰弱し、死に至る。だから食事だと割り切ってしまえ。理性などさっさと手放したら楽になる」

いい加減な言葉だが、それは彼なりに雅貴を慰める言葉のようにも聞こえた。

「カフィヤ……」

彼の名前を呼ぶと、照れを隠すかのように、獰猛に雅貴の唇を奪ってきた。

熱に浮かされた雅貴の脳はそれ以上深く考えることができず、彼の荒々しい愛撫に意識を沈めたのだった。


「……危険だな」

セックスの最中に意識を失った雅貴の頭を膝に乗せながら、カフィヤはそっと呟いた。その手は雅貴の頭をずっと撫でている。

「殿下?」

カフィヤの髪を梳《す》いていた従者のギザルが、その手を止めて、視線をカフィヤに向けた。

「――もし私が雅貴を死んだことにして、宮殿に囲うこととしたら、シーディアとの関係は悪くなるな」

「亡くなり方によりけりかもしれませんが、こちらで雅貴殿下の身柄を預かっていた手前、政治的に不利な条件を飲まされるかと」

カフィヤは視線を雅貴から動かすことなく、小さく溜息をついた。

雅貴の母のことが脳裏に浮かぶ。

カフィヤが出立する前、シーディアの国王の妹、雅貴の母に呼び出された。

彼女は息子が一生、王族として扱われる身分を得て非常に喜んでいた。だが同時に、酷く警戒もしていた。

『どうかカフィヤ殿下、くれぐれも道中、そしてアデルの国に入っても雅貴をお守りくださいませ』

それが彼女の第一声であった。

『雅貴の王族の地位が永久的なものになることをよく思わない者たちがいるのです。今までは雅貴が結婚すれば、王族から平民へと身分が変わる予定でしたから、結婚するまでのことだと我慢していたところがありました。ですが今回のことで、彼らが何か行動を起こすかもしれません。依り代を殺《あや》めるなどと恐ろしいことを考えるとは思えませんが、それでも雅貴に何かあったらと思うと、心配でなりません』

雅貴が特別待遇の王子であることは聞き及んでいた。だが改めてシーディアの王族間で、様々な事情が絡んでいることを知る。

『今、雅貴にとって、我が国シーディアも危険な国となっております。ですがアデルへ行っても危険なことには変わりありません。本当はこのような時に雅貴を手放すのは不安でたまらないのですが、男の依り代のことがしっかりわかっていない今、殿下に託すのが一番よい方法だと思い、雅貴をアデルに送ることを決心しました。どうかカフィヤ殿下、雅貴を一人にしたりしないようにお計らいを』

彼女の言葉から、この依り代が邪魔だと思い、殺そうとしている輩がいることをリアルに感じる。

カフィヤは自分のことのように怒りが湧き起こった。

「彼を殺すなどと──シーディアの王族はどこまで野蛮なのか。私なら側に置いて大切に可愛がってやるものを」

己の大切なものを横取りされるような感情──。

依り代のフェロモンに取り込まれたのかもしれない。

雅貴に対して込み上げてくるものは、確かに深い情欲だ。しかしそれだけではなかった。

今まで感じたこともないほどの穏やかな気持ちが胸を占める。

彼を慈しみ、大切にしていきたいと思う心が、どうしてかカフィヤまでをも癒《いや》してくる。

これは依り代のフェロモンで、そう錯覚させられているだけなのだろうか——？

それとも、これが愛《いと》しいと思う気持ちなのだろうか——？

今まで自分を中心にしか考えていなかったのに、相手のことを気にする自分に、カフィヤ自身が驚かされる。

「ギザル、私は依り代のフェロモンに捉《とら》えられているのだろうか」

己の気持ちに不安になり、らしからぬことを口にする。

「畏《おそ》れながら、カフィヤ殿下の御心はカフィヤ殿下にしかわからないものでございます。ただ殿下の御心は誰にも惑わされぬ尊きものと存じます。御身を信じて行動なされればよろしいのではないかと……」

「御身を信じて、か……。己で己の心がわからぬ時は、あてもなく彷徨う舵を失った船のように、どうにもならないということか」

「殿下……」

「よい、下がれ。私は少し寝る。着陸前に起こせ」

「かしこまりました」

ギザルは静かに頭を下げると、部屋から出て行った。

カフィヤはギザルの背中がドアの向こうに消えるのを見届けてから、膝で眠る雅貴の顔に視線を移した。

衝動的に彼を連れてきてしまった。

この先をどうするかなど考えてもいなかった。ただ彼を連れ出す口実があり、それを実行したまでだ。そこに愛があったかどうかわからない。一つの衝動に従っただけ。

彼を誰にも触れさせたくない。自分だけのものにしたい——。

これは愛なのか、それともフェロモンに取り込まれたゆえなのか。

またこの疑問にぶつかる。

一つ確かなことは、彼が依り代になったから気になったわけではない。その前から気になる存在であった。

国境問題の会議の折でも、雅貴はカフィヤに対して王子であるがゆえだが、他の人間とは違い、対等にものを言ってきた。カフィヤもいい加減に見せてはいるが、実は国境問題は重要視しており、シーディア側へこちらの意見を押し通すつもりでいた。だが、それが簡単にできなかったのは、この雅貴のせいだ。

そういう意味でも一目置いていたのだ。

手応えを感じる相手、最初にそう思ったのも事実だ。

愛《め》でるだけの可愛らしい人間も好きだが、時にはカフィヤを追いつめるほど頭の働く人間にも心惹かれる。そのスリリングさが好きなのだ。まさに雅貴はその両方を兼ね備える、相手にふさわしい男であった。

「なるようにしかならぬか……」

雅貴の頬に残る涙の跡を指の腹でそっとぬぐってやる。真珠色の肌はカフィヤのものとは明らかに違い、彼に東洋人の血が混じっていることを証明するものだ。

「まったく……私としたことが、自分で自分の罠《わな》にはまったようなものだ」

カフィヤは天井を仰ぐと、苦悩で歪む己の顔を片手で隠したのだった。

❖❖❖❖

触り心地のいいリネンのシーツが頬に当たり、雅貴はふと覚醒《かくせい》した。

ここは——？

重い躰を引きずるようにして寝返りを打つ。目の前には陽《ひ》の光を一杯に受けた大きな窓があった。

どうやら気を失っているうちに、飛行機からは降りたらしい。今は多分アデル王国の宮殿内に寝かされているのだろう。

大体の予測をつけ、雅貴はゆっくりと起き上がった。

昨夜《ゆうべ》からの蛮行のせいで躰の節々がギシギシとするが、すっきりとし、狂おしいほどの性への飢えは消えていた。

カフィヤのしたことは許しがたいことではあったが、彼のお陰で飢えが治まったと言っても過言ではなく、雅貴はやり場のない怒りに溜息をつくしかなかった。

それに彼の野蛮さが、元々彼の性質なのか、それとも雅貴の依り代ゆえの力に取り込まれたのかもわからない。彼に嫌悪を抱くが、自分のフェロモンのせいだという引け目みたいなものも感じずにはいられない。

これからも、こんなことが続くのだろうか――。

自分の躰を見ると、真新しい寝巻着が着せられていた。躰も綺麗に拭《ふ》かれているようでベタベタとしていない。

誰かがしてくれたのか……。

寝巻着の隙間から見える、花びらが散ったようなキスマークが、他の人間に晒されたかと思うと気が重くなる。

きっと誰もが雅貴とカフィヤの関係を察しているだろう。

その事実に、雅貴はシーツをきつく握り締めた。耐えがたいことだった。

これが依り代――。

これでは娼婦と変わらない。カフィヤに限らず、雅貴は誰かと性交をしてエネルギーを貰わなければならない。そこから真の伴侶というものを見つけ出さなければならないのだ。見つかるまでにどれだけの人間と不本意なセックスをしなければならないのか、考えるだけでも絶望の淵に立たされたような気がする。

こんな調子で真の伴侶など見つかるわけがない——！

だが、真の伴侶が見つからなければ、一生この飢えと戦っていかなければならない。とっかえひっかえ相手を変えて、セックスをする運命となる。とても耐えられるものではない気がした。

どうしたらいいんだ……。

国境問題で敵対している国の王子であるカフィヤをどこまで信じていいのかもわからない。

それに——。

昨夜からずっとカフィヤに抱かれ続け、その自分の乱れ様にも愕然《がくぜん》とした。男性と寝るのは初めてであるのに、こんなに感じる自分が信じられない。同時にそれほどまで感じさせる発情期というものが恐ろしくて仕方がなかった。

雅貴の理性がいつまでもつのか、一体、どんな醜態をカフィヤにこれからも晒し続けなければならないのかと思うと、不安が不安を呼び、適切な判断もできないほど混乱してしまう。

心の動揺が隠せない。いつもどんな時でも冷静にいようと心がけていたのに、今ばかりはそれも無駄のようだ。

雅貴は胸を寝巻着の上から押さえ、どうにか自分の心を落ち着かせようとした。

すると小さなノックがした。

「はい」

カフィヤだろうか。いや、あの男ならノックもせずに入ってくるだろう。

「お目覚めになりましたでしょうか？」

見知らぬ女官がドアから顔を出した。

「あ、申し訳ありませんが、衣服を用意していただけませんか」

自分の使用人ではないので、丁寧に頼む。すると女官は深く頭を下げて答えた。

「カフィヤ殿下のご命令で、本日は雅貴殿下にはベッドの上でご療養なさるようにとのことでございます。お着替えをなさらず、そのままどうぞお休みくださいませ」

そう言って、女官はベッドヘッドにふかふかのクッションをいくつか置くと、そこに雅貴が凭《もた》れかかれるようにしてくれた。

「お言葉に甘えてそうさせてもらいます」

雅貴としてもそれはありがたいことだった。性欲はとりあえず治まったものの、激しい性交は雅貴の躰のあちこちを痛めつけていた。今も筋肉痛とそれ以外の痛みで、油が切れた機械のように躰中が悲鳴を上げている。

「お食事をお持ちします」

女官は部屋中の窓のカーテンを開けると、笑顔でそう告げ出て行った。

それからしばらくするとフルーツやらオートミールやら消化によさそうな食事が運ばれてきた。

その食事のメニューから、あの傲慢で不遜で無礼な男、カフィヤが雅貴の体調を気にして指示したのかと思うと、少しだけ笑えた。

笑ったことで、雅貴自身も思ったよりも自分がタフであることに気づく。それと同時に肌を重ねていた時にもふと感じたが、あの男も思うほど酷い男ではないのかもしれないという気がしてきた。

悲嘆に暮れていても仕方がない……。

自分にそう言い聞かせる。どうにかしてこの状況が少しでもよくなるように動くほうが生産的である。

ベッドの上で一通り食事を終えると、カフィヤの存在が気になった。食事を片づけている女官に彼のことを尋ねてみることにした。

「カフィヤ殿下はどちらに？」

「殿下はサディル殿下がこちらへお越しになりまして、今、お話をされております」

サディル──。もしかしてアデルの依り代の真の伴侶となったという義弟のことであろうか。

「それとカフィヤ殿下が雅貴殿下の食事が終わられたら、アデルの依り代様をこちらへよこしたいとおっしゃっておりましたが、いかがされますか？」

「アデルの依り代様──！」

「はい、亮様とおっしゃいまして、とても気さくで優しい御方でいらっしゃいますよ」

今まさに、雅貴が会いたい人物だ。アデルに聖獣が降臨したのを聞いた当初は、遠い出来事のような気がしていたが、まさか自分にとって、こんなにも身近な存在になるとは思ってもいなかった。

「今、お会いできるんですか？」

「ええ、カフィヤ殿下がわざわざ雅貴殿下のためにお呼びになったんですよ」

「カフィヤ殿下が？」

雅貴の胸の鼓動がとくんと小さく鳴る。意味のわからない動悸に一瞬戸惑うが、あんな男が予想外の配慮を見せたがために、そのギャップに驚いたのだろうと分析する。

「ぜひ呼んでいただけますか？　今起きますから」

「いいえ、そのままでお待ちを。亮様にもご事情は説明させていただいておりますので、本日はベッドにてご歓談を」

雅貴の言葉に女官は笑みで応《こた》え、部屋から出て行った。それから間もなく、今度は依り代、亮を連れて戻ってきた。

「あ……」

彼の姿を見た途端、思わず声が出てしまった。なぜなら、なんとなく懐かしいような愛しいような感覚を覚えたからだ。これは日本人のDNAのなせる技だろうか。いや、この愛しさが溢れるような気持ちはそれだけではない気がした。まるで自分たちに降臨した聖獣たちが互いを知っているかのような、そんな不思議な感覚が生まれた。

「失礼します」

彼は静かに雅貴のベッドに近づいた。

「初めまして、雅貴殿下。そのご様子だと、僕と同じことを思っていらっしゃったかもしれませんね」

「初めまして……いや、なんだか初めて会ったような気がしませんが……」

雅貴は思った通りのことを口にした。するとその青年は華やかな明るい笑みを浮かべた。それはとても人に安らぎを与える優しさに満ちたもので、雅貴の心を癒してくれる。

「僕もです。失礼ながら殿下に親しみを抱いてしまいました」

人目を惹く綺麗な青年であった。華奢ではあるが、その瞳は力強い光を帯び、見た目よりも芯がしっかりしていることが窺《うかが》い知れる。とても好感が持てる男だ。

「見苦しい格好で申し訳ありません。こちらにお座りください」

ベッドの脇《わき》に用意されている椅子を亮に勧めた。

「ありがとうございます」

亮は勧められるがまま椅子《いす》に腰掛け、顔を雅貴の目線と同じ高さに合わせてきた。

「あなたは日本人なのに、アラビア語が堪能ですね」

「子供の頃、一度アデルに滞在していたことがあり、それからずっとサディル殿下に仕えることを夢見ていましたから、アラビア語は常に勉強していたんです。でもまだおかしい発音もいくつかあって……、お聞き苦しいところがありましたら、申し訳ありません」

「サディル殿下は、亮殿の真の伴侶の方ですね」

「ええ……」

そこはかとなく亮の頬が薄紅色に染まる。見ているこちらも微笑《ほほえ》ましくなるほどの純真さだ。

だからこそ聞いてみたくなった。彼に対してなら、虚勢を張らなくとも話せる気がしたし、気弱なことを口にしても相談に乗ってくれるような信頼がどうしてか生まれていた。

「亮殿は依り代になられて、不安など一切なかったのでしょうか？」

「最初のうちは不安でどうしたらいいのかわからないことが多かったのですが、サディル殿下に愛されて、今はとても幸せです」

「幸せ……」

雅貴の今まで少し浮上していた気持ちが沈む。

亮は真の伴侶を得ることのできた依り代だ。とても自分がそこに辿《たど》り着くことなどできはしない。

「真の伴侶はどうしても我々依り代には必要なものなのでしょうか……」

つい他に方法がないか考えてしまう。

「そうですね。僕も一時はそんなことを考えたりもしましたが、依り代には必ず真の伴侶が現れるようになっていると、最近は感じるようになりました」

「必ず現れる？」

その言葉に励まされるかのように、雅貴の顔が上がった。

「ええ、不思議と運命の糸がどこかにきちんと繋がっているんです」

「亮殿は最初からサディル殿に運命の糸を感じていたと？」

「いえ……でも後で気づいたのですが、昔からずっと愛していました」

「愛している？」

聞き返すと、亮は恥ずかしそうに、しかししっかりと頷《うなず》いた。

「サディル殿下には、最初は真の伴侶の証拠となる星型の痣はありませんでした」

「そうなんですか？　星型の痣は最初からあるものではないんですか？」

それではますます真の伴侶を探すのは難しいということだ。雅貴は落胆を隠せなかった。

「私には見つける手立てがわからない……」

「僕が思うに、星型の痣は心から依り代を愛してくれる人に現れるものだと思います。それもただの愛じゃなくて、一生愛せるほどの強い想いを持った人に現れる気がします」

「一生愛せるほどの……強い想い……」

そんな強い覚悟を持つ相手が現れるとは信じがたい。なんといっても自分は『ナクバ』、大厄災と嫌われている中途半端な王子だ。

「愛していると囁いてくれても、時には依り代のフェロモンで一時的に惑わされていたり、悪いことを考えている人だったりもします。そんな人に捕まらないように、依り代が真の伴侶の見分けがつくように痣が導いてくれるのではないでしょうか」

「導いてくれる……ですか」

そんなことは自分に限ってはないような気がする。まさに雲を摑むような話だ。

「ええ、心が弱くなると、疑心暗鬼になってしまいますから……」

と少しだけ寂しそうに亮はつけ足した。彼もそういう苦しみを味わったのであろう。

周りの人間の誰もが依り代のフェロモンに中てられたり、付帯する名誉や地位に目が眩《くら》んで寄ってくる。誰を信じていいのかわからないような渦中に、無理やり落とされたのだ。疑心暗鬼になる気持ちはよくわかる。

「だが、あなたはそういう辛さを越えてサディル殿下という真の伴侶を見つけられた。それは本当に羨《うらや》ましいことです」

心からの言葉だった。誰かに対して羨ましいなどと口にしたことはなかったが、亮だけには、その言葉が雅貴の思いにぴったりだった。

すると亮が満面の笑みで驚くようなことを告げてきた。

「僕にはカフィヤ殿下が雅貴殿下の真の伴侶じゃないかと思えるんですよ」

「え……」

なんの冗談かと彼を見つめれば、彼は含みのない笑顔を向けてくる。どうやら本気でそう思っているらしい。

雅貴は小さく咳をすると、言葉を続けた。

「そんな……とても彼を真の伴侶などと思えませんが」

「そうなんですか？」

雅貴の否定を不思議そうな顔で受け止める。どうしてそんな表情をするのか、雅貴が聞きたくなるほどのものだ。

「あんな甲斐甲斐《かいがい》しいカフィヤ殿下を拝見したのは初めてですよ」

「甲斐甲斐しい……」

そのことは少しだけ思い当たる。多分彼のような奔放な男だったら、雅貴のことなど面白い愛人の一人くらいの扱いだろうと思っていたが、この亮を呼び寄せたりと、意外と細やかな気遣いを見せる。彼に大切に扱われているのは感じる。

「発情期は真の伴侶と結ばれるまで永遠に続きます。そうなると刹那《せつな》的な関係を多くの人間と持たなければならなくなります。そういう役割をすべてカフィヤ殿下が受けてくださるお気持ちがあるのなら……それはやがて真の伴侶へと繋がる可能性もあるのではと思うからです。殿下はカフィヤ殿下のことをお嫌いでいらっしゃいますか？」

「嫌い……というか、あまり好きではありません。なにしろ我が国と国境のことで争っている国の王子であるし」

雅貴は改めてカフィヤのことを思った。道具などを使われ酷い仕打ちをされた。だが、カフィヤのお陰で、死ぬほど苦しむという発情期の飢えを感じずに済んでいる。

もちろんそんなことでカフィヤの無礼を許すわけにはいかないが。でも怒り以外の気持ちもある。ただ、それは今ここで亮に言うほどではない。

雅貴が口を閉ざすと、亮は申し訳なさそうに丁寧に頭を下げた。

「それは失礼いたしました。雅貴殿下にそのおつもりがなければ、真の伴侶がカフィヤ殿下ということにはなりませんね」

「そういうものなんですか？」

「ええ、多分。僕がなんとなく思うだけですが……。きっと真の伴侶は、結局は依り代が決めるような気がします。そしてそれが間違いでないかを痣が教えてくれるのです」

さらに亮は最後につけ足した。

「相手が真の伴侶であるからこそ、僕たちは満たされるんです」

幸せそうに笑う亮につられて雅貴もつい笑みを零してしまう。見ているだけで自分も幸せになったような錯覚さえ覚える。

だが雅貴は小さく首を振った。

私に満たされる日は来ないということか——。

高貴な姫たちを、いくら依り代になったからといって、ナクバと罵られていた王子に嫁がせようとする親がいるだろうか？　いないに決まっている。

白羽の矢が立った途端、それらしい理由を口にされ、断られるのがオチだ。

いつもそうだ。雅貴の胸のどこかには満たされない思いが眠っている。

少し前までは自分の居場所が探しきれずにどこか胸にぽっかり穴が空いたような気分を味わっていた。そして今度は手配された娼婦を抱き、刹那的な関係を続けていくことになった。

永遠に寄り添う相手を見つけられず、この身をもてあまし彷徨うのかもしれないと思うと、自分は最後までシーディアという国に振り回される運命なのだと思い知らされる。

誰かに満たされ、自らもその相手も満たしていく。そんな関係を築ける相手がいつかは現れるのだろうか——。

雅貴は静かに目を閉じて、叶わぬ思いを胸に閉じ込めたのだった。


アデルの王宮ではちょっとした噂話で持ち切りになっていた。

第四王子のカフィヤがシーディア王国から事情があって王子を連れて帰ってきたのだが、片時もその王子から離れず、つくしているというのだ。

しかも住まわせているのが、新しく建てたカフィヤの宮殿で、いずれはカフィヤの正妻や側室が住むであろうとされている、いわゆるハーレムの予定となっている場所であることも、噂に拍車をかけていた。

『もしかしてシーディアから連れてきたのは、王子ではなくて、王女ではないか』

『あり得る話だ。シーディアとはあまりいい関係ではないから、あちらの姫であるならば、カフィヤ殿下も隠したいというものだ』

『もしや駆け落ちなどされるおつもりではなかろうか』

『そうなりますと、かなりのスキャンダルになりますぞ』

カフィヤが連れてきた王子を公に紹介しないこともあり、噂が噂を呼んでいた。

そんな中、あのカフィヤに限って金にならないようなことをするはずがないと高を括っている男が一人いた。義弟にあたる第五王子のサディルだ。

カフィヤから声がかかったのもあり、この噂の真相を確かめようと、サディルはカフィヤの宮殿に来ていた。

サディルが宮殿に到着すると、珍しくカフィヤが玄関まで出迎えていた。普段なら、客室に通されてからしか会うことはないのに、だ。いつにない歓迎ぶりだ。

「どうしたんだ、カフィヤ」

「来てくれて助かった」

「助かった?」

よもや、カフィヤからそんな言葉が聞ける日が来るとは思ってもいなかったので、サディルは思わず復唱してしまった。

「亮もいるか?」

「お前が亮も連れてこなければ、宮殿に入れないなんて言うから、仕方なく連れてきたぞ」

そうサディルが言うやいなや、カフィヤの視線がサディルの背後に向けられる。そこには車から降りたばかりの亮、アデルの依り代であり、サディルの最愛の伴侶がいた。

「ご無沙汰しております。カフィヤ殿下」

「亮、早速で悪いが、お前だけ別室に行ってくれないか」

いきなりの命令に亮がきょとんとしていると、横でサディルがまたもや復唱した。

「悪いが？」

カフィヤの眉がぴくりと動く。それを見逃さず、サディルが言葉を続けた。

「カフィヤ、先ほどから聞いたこともない言葉を続けて口にしているが、悪い病気にでもかかったのか？　それともいよいよ地球最期の日が近づいてきたのか？」

「無礼だぞ、お前は」

少々機嫌の悪い異母兄は、サディルをジロリと睨んできた。だがそれを平然と受け止めると、珍しくカフィヤが早々に折れた。

「……シーディアの依り代がいる。雅貴というのだが、彼自身も依り代になったことで戸惑っているようだから、亮に話し相手になってもらいたいのだ」

「「依り代っ！」」

サディルと亮の声が綺麗に重なる。

「あまり大きな声を出すな。極秘に連れてきているのだ。誰にも知られるわけにはいかない」

「極秘とは……一体、父王たちにはなんと？」

「シーディアとの国境問題があと一押しでこちらの有利に動きそうだから、向こうの担当の王子を言いくるめるために、しばらくこちらで王子には悟られぬよう監禁状態にすると許しを得ている」

「あちらには？」

「依り代が国外に出ると、よからぬ輩に狙われるリスクがあるから、たとえアデルの国王にも雅貴が依り代であることは伝えぬように、と釘を刺してきた」

サディルがその説明に呆《あき》れたように目を眇める。

「また、回りくどいことを……しかしシーディア側もよく依り代を外に出す気になったのだな」

「それはちょっと適当に嘘をついて連れ出した。あちらも藁にも縋る思いだったから、それに乗じてな」

「まったく……どうせあくどいことを言ってきたのだろう？　騙されたあちらが哀れだ」

そう罵るサディルの背中越しに、亮が心配そうにカフィヤを見つめてきた。

「カフィヤ殿下、シーディアの依り代は日本人なのですか？」

「いや、ハーフで、父親が日本人だ。亮、彼の話を聞いてやってくれないか。私ではよくわからぬことが多い。彼の心を推し量ってやることが難しいのだ」

「カフィヤ殿下……」

亮が意外そうな顔をした。どうやらカフィヤがいろいろと雅貴のことを心配しているのが珍しいのだろう。

「まあ、そこまでカフィヤが心を砕く人間、雅貴というのには興味があるな。仕方ない。亮を少しだけ貸してやろう。亮、愚兄のために一肌脱いでやってくれ」

「サディル殿下、お言葉がすぎます」

亮が軽く窘めると、サディルは肩を上下させた。

「それで依り代の雅貴殿下はどちらに」

「先ほど朝食を食べ始めたという報告を受けている。そろそろ食べ終わる頃だから、あの使用人に案内させる」

「わかりました」

亮は頭を下げると、サディルにちらりと視線を投げかけ去って行った。どうやら彼らは言葉を交わさなくとも、視線だけで互いの気持ちがわかるようだ。

「まったくいつまで経っても新婚のようだな、サディル」

嫌味の一つでも言いたくなるほどの仲睦《なかむつ》まじさだ。

「悔しければ、カフィヤも早く結婚することだ。まあ、多情なお前では一人に絞るのは無理かもしれないがな」

義弟にあるまじき発言だが、歳《とし》が近いこともあって、遠慮がない。

「サディル、お前も亮と伴侶になる前は似たようなものだったぞ。亮に告げ口してやってもいいのだが、心優しい義兄はお前の幸せを願うゆえに水を差さないだけだからな。覚えておけよ？」

さすがに今度はサディルも口をへの字に曲げた。

「まあ、いい。こちらに来い」

カフィヤは義弟を言い負かしたことで、多少溜飲が下がり、サディルを客室へと案内した。

そこは、広々とした大理石の床にアラベスク柄が入った上質な絨毯が敷かれてある、アラビアンスタイルの客室であった。

豪奢な金色のタッフルがついたクッションがいくつも置かれ、カフィヤもサディルもそこに身を横たえた。

「遊びなら依り代はだめだぞ、カフィヤ」

アラビア式コーヒーのセットを用意され、使用人が下がったところで、サディルがいきなりそんなことを口にした。

コーヒーを煎《い》れる用意をしていたカフィヤの手が一瞬止まる。すぐになんでもないようにコーヒーの準備を続けたが、サディルに心の動揺を悟られたようだ。失敗した。

サディルは意味ありげにふーんと頷くと、そのまま黙ってカフィヤがコーヒーを用意するのを見ていた。

とうとうカフィヤのほうがいたたまれなくなり、小さく溜息をついた。話す決心をする。

「サディル、正直に言おう」

「最初からそうすればいい。時間を無駄に使うのは愚か者がすることだ」

「そうだな、だがどうやら、私は愚か者になっているようだ」

カフィヤの言葉にサディルの眉がぴくりと動く。

「元々、雅貴に聖獣が降臨する前から、彼自身に興味はあった。なにしろ好みのタイプだったからな」

「美人ってことだな」

カフィヤの好みを知りつくしている生意気な義弟が言葉をつけ足す。美人系に弱いことは確かなので、軽く睨んで窘める程度にしておく。

「実際、正直に言えば最初はちょっとした興味本位だった。だが、抱けば抱くほど雅貴を離しがたくなる。まるで麻薬のような存在だ」

「依り代のフェロモンのせいじゃないのか？　発情期に入ると、人間を引き寄せる独特のフェロモンを発して、己の糧でもあるセックスができる獲物を捕らえようとするからな。快楽がエネルギーの供給の素となるのは知っているだろう？　亮の時もかなりの人間がその聖獣の発する匂いに惑わされた」

なんとなくカフィヤの胸に嫌な思いが湧き起こる。自分でも理由が摑みにくいが、どうしてか不快な気分を味わった。

心から好きなのに、それはフェロモンに惑わされているだけで、勘違いだと言われたような感じだ。

別に勘違いでも構わないはずなのに、どうしてか苛つく。

この不可解な感情はなんなのだろう。本来、自分の性欲が発散できればどちらでも構わないはずだ。

今までもセックスする相手の気持ちがどうとか考えたことはあまりない。自分がよければそれでいいと思っていた。だが――。

雅貴相手では違う気がする。

知らぬうちに彼のことを考え、いろいろと手配する自分がいる。女性をベッドに誘うまでは確かに細かに気を遣うが、雅貴とはすでに肌を重ねた後だというのに、何かと気にかかる。義弟のサディルに弱味を見せても、雅貴のために亮に会わせたいと思ったのもその一つだ。

「自分自身でも何を考えているのか、わけがわからないな」

「――その依り代に本気なのか？」

サディルがコーヒーを口にしながら、尋ねてくる。彼の瞳がこちらに向いていないのは、彼も嫌な予感がしているからかもしれない。

「神のみぞ知る、だ」

それまで下を向いていたサディルの視線が、その言葉でカフィヤに移る。

「相手は国境で揉めているシーディア王国の王子だ。しかもまさにその担当者だと聞く。正気か？」

「だから神のみぞ知ると言っているだろう」

「はっきり否定をしないんだな」

「そうだな」

視線を逸らすことなく告げる。するとサディルがこれ見よがしに大きな溜息をついて天井を見上げた。

「カフィヤ、我がアデルとシーディアは古くから敵対していると言っても過言じゃない。お前とその依り代は、敵国の王子同士という立場だ。普通に考えても、本気になってはまずいぞ」

珍しくサディルが真剣に忠告をしてきた。いつもならカフィヤがどうなっても知らぬという態度であるのに、今回ばかりは見過ごせないらしい。

いや、もしかしたら伴侶、亮のお陰で人を思いやる心が彼にも芽生えているのかもしれない。

「本気になるつもりはない」

「本当か？　すでにこの宮殿に連れ込んでいることから、正常じゃないと思うが？」

痛いところを突いてくる。確かにわざわざ大嘘までついて、ここまで連れてきたことが、カフィヤにも尋常ではないことはわかっている。

「カフィヤ、いずれお前も悩むことになる。本気でないのなら、そうなる前に依り代を手放せ」

「悩む?」

「そうだ、私も悩んだ……」

いつも人の悪い笑みを浮かべているサディルが、ぽつりと呟くように言葉を漏らした。

亮との恋を成就させるまでの苦労話は、今までサディルから一度も聞いたこともなかった。彼自身がきっとカフィヤに弱いところを見せたくないという思いがあるのだろうと、カフィヤもあえて聞くことをしなかった。そんな彼が、初めてゆっくりと話しだした。

「依り代には真の伴侶が必要だ。それが得られなければ、一生、性への飢えで辛い思いをすることになる」

「それは知っている」

カフィヤが答えると、サディルは首を横に振った。

「——相手を愛すれば愛するほど、真の伴侶に渡さなければという思いに苛《さいな》まれるようになるぞ」

「っ……」

「お前が依り代を愛すれば愛するほど、相手を苦しめるようになる。それにお前は耐えられるか？」

彼の真摯《しんし》な瞳がカフィヤに向けられる。サディルがそんな思いを抱えながら、亮と向き合っていたとは考えてもいなかった。幼馴染みで、お互い苦労はあったものの、好き合って結びついたのだと思っていた。

だが、何も苦労していないように見えたサディルにも苦悩はあったのだ。

「いつか、自分の半身を削ってでも、愛する依り代を真の伴侶に渡さねばならぬ日が来る」

「お前にはそんな日は来なかったではないか」

カフィヤは認めたくなくて、そんな反論を口にした。だがそれは簡単にサディルによって覆された。

「それは私が私ゆえだからだ。亮を愛し、守ろうと心から思っていたからだ」

「私だとて――」

言葉が喉に詰まる。自分が何を言おうとしているのかわからなくなる。

雅貴を心から愛していると言えるのか？

疑問が脳裏を過《よ》ぎる。

わからない。ただ彼を他人に触らせることに我慢がならなかっただけだ。この思いが愛に繋がるのかどうかわからない。

長く生きてきた分だけ、物事を複雑に考えるようになって、簡単に愛を見つけられなくなっているのもある。

「雅貴を愛しているのかもわからないのなら、今の時点で彼を戻したほうがいいぞ」

「サディル」

だが一つだけ確実なことがある。雅貴を誰にも奪われたくない。触らせたくもないという思いだけは、この胸に確かにある。

「……真の伴侶になど雅貴を渡したくない。雅貴が飢えるというのなら、その飢えは私がすべて満たしてやる。他の者にその役目を渡すものか」

「カフィヤ……」

予想外の答えだったのだろうか。サディルの目が見開かれる。それでもカフィヤは言い直そうとは思わなかった。

サディルが言うように、いつかは愛しさゆえに自分の身を削り、雅貴を手放す時が来るのかもしれない。だが不安な心が作り出す不確かな未来のために、今の自分の思いを切り捨てることなどできはしなかった。

人間の感情はそんな簡単なものではない。

「これ以上言っても無駄のようだな。お前の心はお前のものだ。自分で決めろ」

とても年下の言う言葉ではない。相変わらず不遜な態度であるが、彼の成長を垣間見た気がした。

「なら気が済むまで雅貴を側に置く」

カフィヤは自分に言い聞かせるように、そう告げた。

「自分の気持ちもわからない男が、偉そうなことを言うな」

サディルはそう言うとコーヒーを飲み干し立ち上がった。

「どうした?」

「そろそろ亮を迎えに行く」

「今、コーヒーを飲んだばかりだろう」

「コーヒーを飲むほどは居ただろう」

そんなことを素面《しらふ》で言われ、カフィヤも呆れ返る。思わず彼の顔を見つめると、彼の頬が少し赤くなっていることに気づいた。

プライベートの時間では、ほんの少しでも亮と離れていたくはないようだ。この男の亮への溺愛ぶりには驚かされるばかりだ。

一方、サディルは体裁が悪いのか、早々に話題を変えてきた。

「そういえば王都に来ているサーカスは観に行ったか?」

「いや、昨日までシーディアに公務で出掛けていたから行ってないが?」

「亮が喜んでいた。そのシーディアの依り代も、気晴らしに連れて行ってやったらどうだ」

「サディル……」

この男でも相手を喜ばせようと努力しているのだと知り、またもや驚きを隠せない。つい目を見開いて彼を見ていると、バツの悪そうな顔をして相変わらずの不遜な態度で命令してきた。

「さあ、私を亮のところへ連れて行け。ついでにシーディアの依り代というのにも会わせろ」

まったくもって偉そうだ。本当に可愛げのない——しかしカフィヤには可愛い異母弟なのだが——、彼の態度にカフィヤはつい笑ってしまった。

❖❖❖❖

一方、雅貴と亮は、お互い日本人の血が流れていることもあるのか、すっかり意気投合し、話が盛り上がっていた。

「——なので、依り代になってから、急に人に頭を下げられるようになったので、本当はとても戸惑ってます。自分では前と全然変わってないんですから」

子供の頃から王子として王宮で育った雅貴と、臣下の身分で接していた亮とでは、異なることがたくさんあり、雅貴には興味深い話であった。人に頭を下げられて戸惑うという感覚もなかった。

「そうか……。そういえば亮殿は大学生だったんですよね。やっぱり大学に戻りたいという思いはあるのですか？」

「それについては、サディル殿下が王都内の大学に転入できるように動いてくださっています」

その答えに雅貴はびっくりして、ベッドから身を乗り出した。

「依り代なのに外に出られるんですか？」

「ええ、真の伴侶を得ると、発情期は治まりますから……」

「完全に治まるんですか？　他の人を惑わしたりしないのですか」

「あ……」

亮の目が宙を泳ぐ。雅貴がどうかしたのだろうかと返事を待っていると、彼の顔が真っ赤に染まった。

「あの……その、殿下が、フェロモンが無駄に外に漏れないように……その……し、してくださるものですから」

「え？」

一瞬意味がわからなかったが、数秒後に怒濤《どとう》のようにその言葉の意味が雅貴に押し寄せてきた。ようするに伴侶の営みをしているということだ。

「ですから……その」

真面目《まじめ》な亮は雅貴が理解していない顔をしたことを受けて、困ったような表情を浮かべながらも、言葉を続けようとした。

「わかりました！　いいです。皆まで言わなくてもいいです！」

雅貴は慌てて亮の言葉を遮った。言う亮も恥ずかしいかもしれないが、聞かされる雅貴も相当恥ずかしい。

「本当に仲睦まじいのですね……」

そう言うのが精一杯だ。

「はい……」

亮も耳まで真っ赤にして頷く。サディルのことを信頼し切っているからこそ、しっかりと返事ができるのだ。

本当に羨ましいな……。

先ほどから何度も亮が羨ましくなって仕方がない。

「亮殿を見ていると、私も真の伴侶というものが欲しくなりますね。私にもいつか現れてくれるでしょうか」

「もちろんです！」

途端、亮が顔を上げ、大きく返事をした。鬱屈《うっくつ》していたはずの心が亮のお陰で浮上する。思わず笑みが零れてしまうほどだ。

「そうですね、亮殿がそうおっしゃるのなら、私にも現れるかもしれませんね」

彼の素直な性格は、王族という魑《ち》魅《み》魍魎《もうりょう》が跋扈する中で生きてきた雅貴にとって、とても新鮮だった。

「私の中にいる聖獣が、亮殿のことをとても気に入っているようです。あなたといると心が落ち着く」

「そう言っていただけると光栄です」

「抱き締めてもいいですか？」

「ええ、それで雅貴殿下のお心が落ち着くなら」

「ありがとう」

雅貴はベッド脇に座る亮を引き寄せ、抱き締めた。続いて亮も雅貴の背中に手を回した瞬間――。

「亮！」

男の鋭い声が部屋に響いた。

「え？　サディル殿下」

いきなりサディルが現れ、亮が驚く。

「亮、まさか、まさかと思うが、私という伴侶がいるというのに、その依り代と浮気をするのではないだろうな」

サディルの言い分に、思わず雅貴の目が点になる。どこがどうなって浮気になるのかわからないが、当の本人たちにとっては一大事のようだ。

「まさか、浮気などと。そんなことしません」

「だが、お前は今、この男と抱き合っていたではないか！」

以前、公式の祭典でサディルを見かけたことはあったが、威厳に満ちたしっかりとした男のように見えた。だが、ここにいる彼は嫉妬《しっと》で狭量になったただの男にしか見えない。

雅貴は自分の責任で二人の仲に何かあったら大変だとばかりに間に割って入った。

「サディル殿下、亮殿は私が落ち着くようにと肩を抱いてくれただけで、何も疚《やま》しいことはしておりません。誤解なさいませんように」

「本当か？　亮」

言い訳をしている雅貴には一瞥もくれず、サディルは亮だけしか見ていない。

「本当です。僕が子供の頃から愛している人は殿下、ただお一人だけです」

「亮……っ」

人目も気にせずサディルは亮を抱き締め口づけを交わした。目のやり場に困り、雅貴が視線を泳がせていると、後から入ってきたカフィヤと視線が合った。カフィヤは軽く咳払いを

すると、二人に告げた。

「悪いが、ここは雅貴の寝室だ。いちゃつくなら帰ってからにしろ」

その言葉にサディルがじろりと睨んだ。そしてそのままその鋭い視線は雅貴にも注がれる。

「雅貴殿、早く真の伴侶を見つけろ。万が一、亮を誘惑などしたら、たとえシーディアの依り代であろうが、容赦はせぬからな」

「サディル、いい加減にしないか」

カフィヤがこめかみに指を当てながら、サディルを諌める。

「せっかくサーカスのことを教えてやったのに、その言い草か」

サディルの子供のように拗ねた言い方に、雅貴は驚く。どうやら今までの見た目の印象とは随分違うようだ。いや、亮という伴侶を得てから彼が変わったのかもしれない。

「サーカスへ行かれるのですか?」

すかさず亮がカフィヤに声をかける。

「どうしようか悩んでいる」

「とても面白かったですよ。さすがは欧米で人気ナンバーワンのサーカスと言われるだけあって、従来のサーカスとはまったく違いました。ミュージカルの舞台を見ているような、幻想的でありダイナミックでどきどきしました。ぜひ雅貴殿下といらっしゃってください」

よほどそのサーカスが気に入ったのだろう。亮が楽しそうに話した。

「私もそのサーカスのことなら、以前から聞き及んでいます。確かに、一度は行ってみたいかな」

雅貴も亮につられて口にする。するとカフィヤが振り向いた。

「行きたいなら、連れて行ってやるが？」

「え、いいのか？」

いきなりカフィヤに誘われて雅貴は驚いた。彼がサーカスなどに興味があるとは思ってもみなかった。

あ、もしかして私に気を遣っているんだろうか……。

ふと、そんなことに気づいてしまう。

「お前の体調がよければだ」

だが彼の表情を窺い見ても、気を遣っているようには見えない。亮の会話の流れから、ただ口にしただけかもしれない。

よくわからない男だな……。

そう思いながらも彼の誘いを受けてみようと思った。本当なら、こんな男と一秒たりとも一緒にいたくないはずなのに、彼の行動から時々ふと見える優しさみたいなものに、惹かれる自分がいる。

朝食のことといい、亮を呼んでくれたことといい、彼が何も考えていないとは思いにくい。

「行けるものなら、行ってみたい」

「そうか、今夜の部はもう無理だろうから、明日の昼の部の席を手配させよう」

「……ありがとう」

礼を述べると、カフィヤがぷいと顔を逸らした。横顔は普段とあまり変わらないが、耳が少し赤くなっているように見えるのは気のせいだろうか。

この男……。

なんとなく雅貴までじわりと躰が熱くなって汗が出てしまう。

恥ずかしいぞ。

雅貴もつい視線を逸らしてしまう。するとベッドの側にいた亮が再び抱きついてきた。

「よかったですね、雅貴殿下。サーカス楽しんできてくださいね」

「亮！」

瞬間、大きな声と共に亮が雅貴から引き剝がされる。サディルが鬼の形相で雅貴を睨んできた。

「依り代のフェロモンは依り代にも効くのか？　まったく厄介な伏兵が現れたものだな」

伏兵呼ばわりされても困るが、サディルの亮に対しての愛情の深さが見えて、微笑ましくも思う。

こうやって愛情を他人に包み隠さず堂々と見せられるサディルに好感を抱いた。

政治が絡むと敵対し合う国であるが、個人個人であれば、こんな感情も生まれるのだと改めて気づく。

「亮殿を襲わないように気をつけることにします」

「「えっ⁉」」

雅貴は冗談で言ったつもりであったのに、三人が三様の驚きを見せる。慌てて訂正する。

「あの、冗談なので……」

その言葉に亮が笑みを浮かべた。続けて他の二人も肩から力を抜く。

「雅貴殿下って、そういう冗談もおっしゃるんですね。それに、カフィヤ殿下にだけは敬語ではありませんし、よほど気を許されているんですね」

「え……？」

カフィヤに対して敬語を使わないのは、今までの蛮行を思うと、とても敬意を払えないからだ。それにあちらも偉そうに話してくるのだから、雅貴も敬語で話すのをやめたにほかならない。決して気を許しているうんぬんではない。

だが、この面々にそれを説明するとなると、また何か言われそうで、つい口を噤《つぐ》んでしまった。

「そろそろ本当に帰るぞ、亮」

痺れを切らしたサディルが亮を呼ぶ。亮は雅貴に頭を下げると、カフィヤにも挨拶をし、サディルと共に部屋から出て行った。

急に静かになる。

「まったく騒がしい客だったな」

カフィヤが迷惑そうに呟く。

「でも仲のよい伴侶じゃないか」

そう言い返すと、カフィヤの双眸が雅貴に向けられた。そしてそのままベッドの脇まで彼が寄ってきたかと思えば、さっき、亮に言われたことを聞き返される。

「お前は、私に気を許しているから、敬語を使わないのか？」

「え……」

「敬意を払えないからに決まっているじゃないか。さっきは亮殿の手前黙っていただけだ」

「ふーん、どうだか」

どうやら誤解されたようだ。

「お前が敬意を払われる人間かどうか、自分の胸に聞いてみろ、カフィヤ」

「自分の胸じゃなくて、お前の躰に聞くことにしよう」

ギシリとベッドが軋《きし》んだ途端、カフィヤが上に覆い被さってきた。

「カフィヤ！」

両腕を伸ばして彼の胸を押し返す。だが両手首をいとも簡単に片手で掴まれる。

「もうサーカスに行けるくらい元気なんだろう?」

「それとこれとは別だ」

手を振りほどきたいが、強く握られとても振り払えそうにもなかった。

「サーカスに行くには、お前のフェロモンが流れないように、私が食い止めなければならない。そうだろ? 雅貴」

「……っ」

「明日の昼までしっかり搾《しぼ》り取ってやるよ。さすれば明日のサーカスの公演で、誰かを惑わすこともないだろう」

「カフィヤ……お前! っ……」

寝巻着の裾《すそ》を彼の手が器用に掻き分け、雅貴の下半身を下着の上から強く握る。

「ああっ……」

「欲しいだろ? さあ、餌の時間だ。私を思う存分食えばいい」

自分の意思とは反対に、雅貴は抗《あらが》うこともできないまま、彼の行為を受け入れてしまう。快楽を煽られると、スイッチが入ったように躰が火照る。彼が、カフィヤが欲しくてたまらなくなる。

「カフィヤ——」

彼の名前を口にすると、彼の体温も高くなった気がした。

思う存分情欲を貪ってもいい。

免罪符は雅貴の理性を隅へと押しやった。


鳥の鳴き声で目が覚める。瞼を開けると、寝室が太陽の光に満ち満ちていた。

雅貴が眩《まぶ》しさに目を細め、辺りを見回すと、外のテラスへと続く窓が大きく開け放たれていた。

「そんなに急いで食べなくとも、まだあるぞ」

カフィヤの聞いたこともないような優しい声がテラスから聞こえてくる。

雅貴は節々が痛む躰をベッドから起き上がらせると、素足のままテラスへと歩み寄った。

「ほら、お前の分はこちらだろう」

そこには裸体に肩からガウンをかけただけのカフィヤが、小鳥たちに餌を与えている姿があった。

清々《すがすが》しい朝陽に照らされたカフィヤの男らしい体軀に、つい目がいってしまい、雅貴は慌てて視線を逸らした。

「起きたか、雅貴」

「……お前はもう起きていたのか？」

返す言葉がなく、当たり前のことを口にする。

「鳥の鳴き声に起こされた。どうやらこのテラスに巣を作ろうとしているらしい。小枝がいっぱい落ちているだろう？」

そう言われ、テラスの床を見ると、まだ緑の葉がついた小枝が草と一緒になって、いくつも落ちていた。

「お前と一緒でここの新しい住人だ。歓迎してやらねばな」

とても昨夜、雅貴に酷いことをした男には見えない。

「私は歓迎してもらっていない気がするが？」

「何を言う。誠心誠意、それこそ身を粉にしてお前を歓迎したつもりだぞ？」

カフィヤがいきなり昨夜見せた人の悪い笑みを口許に浮かべる。あまりの変貌に雅貴はドキッとした。だが動揺を見せまいと、無表情を装っていると、カフィヤがじっと雅貴を見つめてきた。

なんとも居心地が悪く、口を開く。

「……カフィヤ、何をそんなに見ている。私の顔に何かついているのか？」

「いや、お前は綺麗だなと改めて思っただけだ」

「え……」

そんなことをいきなり言われ、雅貴の頬がカッと熱くなる。さすがのポーカーフェイスも多分崩れてしまっているに違いない。

「おや？　言ってなかったか？　お前に初めて会った時から、好みの顔だと思っていた」

「そ……そんな不謹慎な。大体、私たちは国境問題のことで討論をしていて……」

「そうだな、好みの顔だったから、あんな会議でも真剣にお前の話を聞いていたんだ」

「よくもそんな馬鹿げたことをぬけぬけと……」

「まったく、怒っても綺麗だとは、お前も得だな」

「お前はっ、人の話を聞け……っ」

彼の胸を叩こうと拳《こぶし》を上げたが、彼の腕に捕らわれてしまう。

「カフィヤ！」

カフィヤが悪戯《いたずら》を成功させたような楽しげな笑顔を浮かべると、壁に伝って生えていた蔓《つる》薔薇《ばら》の一輪を手折り、それを雅貴の髪に挿した。

「まだサーカスの開演まで時間がある。この薔薇の礼をくれてもいいだろう？」

「え……」

意味がわからぬ間に、彼に抱きすくめられ唇を奪われる。

「二人だけの朝食を食べよう、雅貴」

彼の手が雅貴の臀部《でんぶ》を弄る。そして一点のくぼみを見つけると、そこに指を差し入れた。

「カ……フィヤ……ッ」

雅貴が彼の名前を口にする。カフィヤは笑みを唇に深く刻んだ。

「少し長めの朝食をとるか――」

それに対する雅貴の抗議は、カフィヤの口づけと小鳥のさえずりに掻き消されたのだった。


その日の昼下がり。王都の中心にある記念広場は大勢の人で賑《にぎ》わっていた。

そこで今、世界中で人気沸騰のサーカス団が仮設ステージを建設し、期間限定で公演を催しているのだ。

まさかこんなにも早いタイミングで、カフィヤが外に連れ出してくれるとは思っていなかった。秘密の果実の件で騙されてから、もしかしたらずっと監禁されるかもしれないと、覚悟もしていた雅貴にとって、サーカスの観覧は思いがけないプレゼントであった。

「このまま興行が順調であれば、アデルの王都にこのサーカス団の常設ステージを建設する予定らしい」

「羨ましい話だな」

雅貴はカフィヤと一緒に車で会場へと乗り入れた。

「シーディアでも誘致すればいいだろう?」

「簡単に言うな。いろいろと大変だろう。我が国はお前のところとの国境問題が最優先課題なんだ」

「そんなの簡単だろう? お前たちがさっさと諦めればよい。あれは古来より我が国の領土なんだからな」

「その話をすると埒《らち》があかない。お前と私では考え方が違うのだからな」

「頑固だな」

「どちらがだ」

そう言い返すと、カフィヤが隣で息だけで笑ったのを感じる。

こんな気安い感じでカフィヤと言葉を交わしているのが不思議でならない。特に国境問題は非常に繊細な事案で、簡単に口には出せないものだ。それを冗談のように話すのがなぜか新鮮で、雅貴の気持ちを高揚させた。

「それにしても色気のある腰つきだな」

「え?」

カフィヤの手が雅貴の腰を擦ってくる。ただ擦るだけでなく、彼の手がいやらしい動きをした。

「カフィヤ」

雅貴は彼の手を片手で遮ると、やんわりと手の甲を抓《つね》ってやった。

「痛いな、雅貴」

大袈裟《おおげさ》に痛がってみせるが無視をする。いちいち相手にしていると、この男のペースに巻き込まれるのがオチだ。

「朝も私を離さず、揺れっぱなしの腰だったからな。さぞや疲れたかと思って、マッサージをしてやったのに」

「そんなマッサージなどいらぬ」

意地の悪い言い方に、雅貴の顔が知らず真っ赤になる。結局はどうあがいてもこの男のペースに乗せられる。

「まあ、あれだけ私を貪欲に搾り取ったんだ。しばらくは飢えることもなかろう?」

「……どうして、いちいちそういうことを」

聞くに耐えられず、反論する。

「お前がフェロモンを垂れ流して、サーカスを観覧しに来た客を誘惑してもいけないからな。確認しているだけだ。私にはお前を満足させる義務があるからな」

「義務……って」

口八丁というか。勝手に義務にされていることに呆れるしかない。

「秘密の果実があると言ってお前をここに連れてきたんだ。きちんとケアはしないとだめだろう？」

「実際は秘密の果実なんてなかったけどな」

「あるじゃないか。私という旨い果実が」

いやらしい顔をしてカフィヤが雅貴を見つめてくる。

「……エロ親父が」

「なんとでも。事実は事実だ。私はお前を他の男や女に触らせる気はないからな」

彼からの執着を感じる。だがその執着に対して雅貴は不快感を覚えるどころか、どこか浮き立つような感覚が胸から湧き起こる。

男相手に何を浮き足立っているんだ、私は――。

雅貴は自分を叱咤《しった》した。

今は発情期の最中でとにかく性欲を満たすためにカフィヤと褥を共にするが、伴侶は女性に決まっている。男性のはずがない。しかも敵対している国の王子なんて絶対ありえない。

ありえない――。

脳裏に亮とサディルの姿が過ぎる。彼らは男同士でありながらも伴侶として幸せにしている。

思わずカフィヤの横顔をちらりと見上げた。シャープな顎のラインが男性的で、一瞬目を奪われそうになり、雅貴は瞳をきつく閉じた。

これ以上自分の心の奥を覗《のぞ》きたくなかった。何かを勘違いしそうになり怖い。

きっと躰の快楽に引きずられているのかもしれない……。

そう思うことで自分を落ち着かせる。

「雅貴」

いきなり名前を呼ばれ、目を開ける。少し見上げると、彼と目が合った。

「今日の席を用意してくれたマネージャーに挨拶に行く。少し寄り道をするがいいか?」

「構わない」

カフィヤは雅貴の答えに頷くと、建物の裏へと回った。裏にはスタッフ専用の出入口があった。そこから入る。

中は真っ暗であった。ちょうど舞台裏にあたるのだろうか。黒い大きな壁の向こうから音響のテストでもしているような音が聞こえる。

「こっちだ」

暗くて見にくい空間をカフィヤが数人の従者と共に歩く。その後を雅貴は追うような形でついて歩いた。

さらに奥に行くと、ショーで使われる動物が、それぞれ檻の中に入れられてステージの袖で待機していた。

そこに飼育係らしき男とスーツを着た男が立っていた。カフィヤの姿を見かけた途端、頭を下げた。

「これはカフィヤ殿下、お待ち申し上げておりました」

「今日は席を特別に用意していただき申し訳ない」

どうやらスーツを着ている男がこのサーカス団のマネージャーらしい。カフィヤと軽く握手を交わした。

「先日もサディル殿下と依り代様がお越しになり、大変喜ばれておりました。カフィヤ殿下にもお気に召していただけるといいのですが……」

「楽しみにさせてもらう。今日はシーディアの王子もお連れした」

カフィヤがそう言って、雅貴に視線を移し、こちらに来るように促した。

「今日は素晴らしいショーを楽しみにしてきました」

雅貴も挨拶をする。するとシャッという何か耳慣れない音がすぐ側から聞こえた。なんだろうとそちらに顔を向けると、白黒の縞柄のヘビが雅貴の足元で尻尾を細かく震わせ威嚇していた。

「なっ！」

驚いて雅貴が一歩退くと、蛇が躰をしならせ勢いよく飛びかかってきた。

「雅貴っ！」

カフィヤが雅貴に飛びかかってくるヘビを手で叩き落とした。だが叩き落としたと思ったら、

そのヘビがすぐにカフィヤの腕に嚙みついた。

「くっ……」

「殿下っ！」

従者が慌ててカフィヤの腕に嚙みついたヘビを取ろうと動く。すぐに担当者がやってきて、先端に炎がついたトーチでヘビを突きながら、ヘビの口の両端をきつく手で摑み、その口を抉《こ》じ開けてカフィヤの腕から牙を引き抜いた。

「うっ……」

カフィヤが小さく呻《うめ》き、その場にくずおれる。

「カフィヤ！」

「アマガサヘビだ！　誰か救急車を！」

騒然となった場内で誰かが蛇の名称を叫んだのが雅貴の耳に入る。

「この蛇は強い毒を持つ。殿下の腕を心臓より下に下げろ！」

毒——！

「カフィヤ！」

雅貴は転びそうになりながらも、カフィヤの元に駆け寄った。

「ま……さき」

床に寝かされたカフィヤの目が少しだけ開く。

「カフィヤ、しっかりしろ！　今救急車を呼んでいる！」

「私は大丈夫だ……お前は噛まれなかったか？」

自分が毒ヘビに噛まれたというのに、雅貴のことを心配するカフィヤに胸を打たれる。溢れる熱が涙になって外へと零れ落ちそうになるのを懸命に抑え込んだ。

「お前が助けてくれたから、噛まれなかった」

「よか……った……」

カフィヤの双眸が吸い込まれるかのように静かに閉じていく。雅貴はまさに己の心臓が止まるような気分にさせられた。

「カフィヤッ！」

「血清を持ってきました！」

奥からスタッフの一人が走ってやってきた。雅貴は邪魔にならないように、隅へ寄った。

「応急処置です。万が一のため、我々はこのアマガザヘビの治療血清を常備しているんです。それを今から注射します」

そう言いながら、サーカス団専属の医師らしき男がカフィヤに注射をした。

「後は病院で治療を。このヘビは死亡率、五割と言われるほど非常に強い毒を持っています。ですが対処が早いほど、生存率も高くなります」

「あ……」

生存率という言葉を聞いて、雅貴の足元がぐらつく。それはカフィヤが死に直面していることを意味する言葉でもあったからだ。

「カフィヤ、カフィヤ！　目を開けろ！」

雅貴は意識をなくしたカフィヤに向かって何度も呼びかけた。だが彼から反応が返ってくることはなかった。

「カフィヤ……」

王都中心にある王立救急病院にカフィヤは搬送され、集中治療室に移された。

結局、後からわかったことだが、アマガサヘビを管理していたスタッフは何者かに殺されていた。それによってこれが事故ではなく計画的な殺人未遂であることが判明した。

誰かがカフィヤか雅貴を殺そうとしたのだ。

一体誰が――？

カフィヤも雅貴も思い当たる組織や人物がいくつかある。今の段階では絞ることは難しかった。

ただ不可解な点もあった。

サーカスに使われる毒ヘビは毒が抜かれているのが常だ。今回も定期的に行われる毒抜きの前ではあったが、野生のアマガサヘビに比べれば、ずっと毒の量は少なかったのだ。そして、毒ヘビを扱うため、サーカス団にはそのヘビ専用の血清も用意されている。

確実にターゲットを殺そうとするなら、サーカスで飼育されている毒ヘビを使うのは妥当ではなかった。

犯人はそういった知識がなかったのか、または最初から脅すだけのつもりであったかの、どちらかであろう。

だが脅されるとしても、相手の見当がつかない。どこかの組織から犯行声明があったわけでもないので、今後のことにも漠然と不安を感じてしまう。

このままカフィヤに万が一のことがあったら——。

マイナスの感情はさらにマイナスの思考を生む。雅貴は見えない不安と一人立ち向かっていた。

「カフィヤ……」

集中治療室で治療を受けているカフィヤをガラス越しに見つめる。

今夜が峠《とうげ》だと言われた。熱が下がらず、時折カフィヤが魘される様子も見て取れた。

「雅貴殿下、お座りになりませんか?」

ふと背後から声がかかる。亮だ。カフィヤが毒ヘビに噛まれたと聞き、サディルと一緒に病院に来てくれたのだ。あとカフィヤの母、第二王妃も駆けつけ、今は貴賓室で休憩をしている。息子の瀕死《ひんし》の状態を見て、彼女自身も倒れてしまったのだ。

「大丈夫です。近くでサディルの様子を見ていたほうが、落ち着きますから」

雅貴がここに来てからずっと立ち続けているので、亮が心配してくれたのだ。その心遣いに笑顔で応え、雅貴はすぐに呼吸器や多くの管に繋がれたカフィヤに視線を戻す。そして震える胸に手を当てた。

「カフィヤ、お前を信じている。だからこの世界に戻ってこい――」

小さな声で、だがカフィヤに届くようにと思いながら呟く。

早めの処置が功を奏して、命の危険性は低いとドクターも言っていた。あとは熱が下がり意識が戻れば、峠も越えたと思えばいいという話だった。

それでも安心できずに、雅貴はずっとガラス越しにサディルを見守っていた。

失いたくないという思い。まだ何も自分の想《おも》いを告げていないという焦り――。すべてが綯《な》い交ぜになって雅貴を襲ってくる。

自然と愛しいという想いが雅貴の胸に湧き起こる。掌がじわりと熱くなった。

本当は認めたくない。だが認めないまま、彼を失いたくなかった。

最初は嫌な男だと思ったはずなのに、彼と数日一緒にいただけで、今では彼の印象はよくなっている。

彼の気遣いや、傲慢のように見えて実は優しいところなどを垣間見る機会があり、少しずつ彼に惹かれていったのもある。

確かに雅貴が発情期であることを大義名分にし、現在進行形で酷いことをされている。だがそれはもしかしたら雅貴が発する聖獣のフェロモンが彼を執拗《しつよう》に駆り立てているからかもしれないとも、少し前から思うようになった。その証拠に彼から与えられる屈辱ともとれる快感は、すべて雅貴の飢えを満たしてくれている。

彼もまた、聖獣に振り回される被害者の一人なのかもしれない。雅貴自身を含めて。

それに、いくら発情期だからと言って、男に抱かれたいなどと誰が思うだろうか。カフィヤだからこそ抱かれ、そして満足したのだ。それに雅貴は気がついてしまった。

真の伴侶が彼だったらよかったのに――。

彼とであったらお互い切磋琢磨して、よきライバルであり愛する伴侶として、暮らしていけたような気がする。

だが――。

カフィヤはアデル王国の王子だ。シーディア王国とは古くから多くのことで揉めており、誰もが認める犬猿の仲だ。互いにいい感情は持っていない。

聖獣の伴侶は男女どちらでもいいとされているが、たとえ万が一、カフィヤが真の伴侶だとしても、誰しもが反対することは目に見えていた。

いいや、その前に彼が依り代の伴侶になるわけがない。王子であるカフィヤが他国に嫁ぐなどありえない話だ。それに彼自身、別に雅貴との結婚を望んでいるわけではない。もしかしたら依り代のフェロモンに惑わされ、雅貴を抱いているだけかもしれないのだから。

万が一、『愛している』と言われても素直に信じられない。そこには依り代のフェロモンに騙されているかもしれないという思いが常に邪魔をする。

そして実際、その通りなのだろう――。

実らない恋と考えたほうがいい。

胸に棘《とげ》が刺さったような鋭い痛みが生まれる。雅貴はきつく目を閉じ、痛みに耐えた。

この歳になって片思いで胸を痛める自分に苦笑するしかない。

きっと今までも、多くの依り代が自分の想いとは異なる相手と伴侶にならなければいけないことがあっただろう。

辛かっただろうな――。

雅貴はコツンとガラスに額を預けた。ひんやりとしたガラスの感触が心地よい。

『真の伴侶は、結局は依り代が決めるような気がします。そしてそれが間違いでないかを痣が教えてくれるのです』

頭が冷えてくると、昨日、亮が口にした言葉を思い出した。依り代が決めると言っていたが、それは彼だからこそ言えたことだ。他の依り代に聞いたら同じことを言うとは思えない。

亮とサディルのように愛し合っていた者が伴侶であったなんて、きっと奇跡にも等しい気がした。

依り代というものは、苦しい恋をするために選ばれるのかもしれない。

ふと、そんなことに気づく。

自分に居場所を与えてくれた聖獣に感謝はするが、その代償が実らない恋だというのなら、依り代にならなかったほうがよかった。

最初に決められた通り、結婚して平民に下ったとしても、母と会うのが難しくはなるが、親子の縁が切れるわけではない。きっと愛する人と結婚して、平凡で幸せな生活を築いていけたはずだ。

ただ、依り代にならなかったら、カフィヤとこのような関係になることはなかっただろう。多分会議で顔を合わせ、嫌な男だと思うだけで終わりだ。

それだけで終わりだ――。

途端、雅貴の胸がズキンと痛んだ。

嫌だ――そんな関係しか彼と持てない人生などいらない。

彼の本質を知らずに嫌う自分が存在してしまうことだけは嫌だ。

結局は苦しい気持ちを抱いても、カフィヤの違う一面を知ることができたのは喜びなのかもしれない。

雅貴が依り代にならなければ、このカフィヤの性格もわからなかったと思うと、一概に依り代になったことを恨むこともできない。

彼と将来伴侶となることはできなくとも、この先、政治などで彼と関《かか》わっていくのなら、この出会いは必要だったとも考えられる。

そうならば、結ばれない恋をしたのも、いつか笑って話せる時が来るのだろう。

「きっと、そういう日が来る――」

雅貴は自分に言い聞かせるように呟いた。


深夜近くになってから、高熱も微熱へと変わり、カフィヤの状態はようやく落ち着いた。心拍数も平常に戻り、後は目が覚めるのを待つだけとなった。

カフィヤの親族や臣下が駆けつける中、雅貴は彼らの邪魔にならないようにと、一人廊下へと出た。

廊下は病室と違い、ひんやりとした空気に満ちていた。少し一人になりたくて、雅貴は従者たちがいる廊下を通り過ぎ、そのまま突き当たりのリフレッシュコーナーまで歩いた。自動販売機で飲み物を買い、ソファーに座る。

途端、疲れがどっと押し寄せた。カフィヤが毒ヘビに嚙まれてからずっと気を張っていたせいであろう。

これからどうしようか――。

ふと我に返り、我が身の行く末に不安を抱いた。このままカフィヤの元にずっといるわけにはいかないことくらいわかっている。

真の伴侶を探さなければ、雅貴の躰の熱は一生治まらない。カフィヤの側にいればいるほど、雅貴の躰は飢える。

今はまだカフィヤも雅貴に興味があるようだからいいものの、彼もいずれは雅貴に飽きるだろう。その時のことを考えると、なるべく早くにカフィヤの元を離れるべきだと思う。

それに――。

それに、長く一緒にいればいるほど、雅貴がカフィヤと離れがたくなるのが目に見えていた。

いっそ彼の心などいらない。躰だけあればいいと割り切ってしまえばいいのかもしれないが、生憎、雅貴にはそんな器用な考え方はできなかった。

彼に完全に心を奪われる前に去りたい。逃げたい。傷が浅いうちに彼から離れたい。

だがそう思う側から、あともう少し彼の側にいたいと願う自分が顔を出す。

離れたくない――。

カフィヤに飽きられるまで側にいたい。彼の元から去るのはそれからでもいい。たとえどんなに自分が傷ついても、彼と少しでも長くいられるほうを選んでしまいそうになる自分がいる。

自分では感情をコントロールすることができない——それが恋というものなのだと改めて知る。

「諦めが悪いな、私も——」

雅貴は耐え切れず声を出してしまう。

こんな馬鹿な恋に落ちるとは自分でも思っていなかった。

正常な判断ができない恋は危険だ。闇雲に落ちて取り返しのつかないことになる可能性が高い。

冷静でいなければ——。

自分で自分自身を諫める。

「雅貴」

自分の考えに気を取られていて、すぐ近くに人がいることに気づいておらず、驚いて声のしたほうを見上げた。

「ザ、ザイール義兄上《あにうえ》……」

そこにはシーディア王国の第三王子である義理の兄が立っていた。本当は伯父である国王の息子なので、従兄弟にあたるのだが、雅貴は特別に王子という位をいただいていることもあって、建前上は義兄ということになっている。雅貴はすぐさまソファーから立ち上がった。

「義兄上、どうしてここに……」

「お前がアデルに連れ去られたまま、連絡が取れぬと聞いて、心配で極秘で来たのだ」

心配、という言葉が引っかかる。ザイールは雅貴が特例の王子であることに不満を抱いている王族の一人だ。シーディアの王宮内では滅多に口も利かない義兄である。

「申し訳ありません。いろいろと雑事に追われ、連絡を怠っておりました」

「まあよい。お前が無事であればそれでよい」

義兄はそう言って、廊下のほうに目を向けた。ちょうどここは廊下から一歩奥まっていることもあり、死角になっている。雅貴とザイールが会話をしている姿はあちらからは見えない。

「——お前の命が狙われているという情報が入った。それで連れ戻しに来たのだ」

「え？」

いきなり義兄が話し始めたかと思うと、その内容は物騒なものだった。ザイールは廊下を気にしながらも話を続けた。

「アデル側の刺客が動いているようだ。アデル側はシーディア王国の繁栄を阻止するために国を豊かにすると言われている聖獣の依り代を亡き者にしようとしている」

「そんな……アデルにも聖獣の依り代がいるではありませんか——」

「ああ、依り代はアデルだけにいればいいと考えているらしい。物欲にまみれているアデルの奴らが考えそうなことだ」

　アデルとシーディアの両国は昔から何かと争いが絶えない。確かにどちらかが一方的に繁栄するようなことがあったら、相手側に反感を買うのはわかる。だがアデルに聖獣が降臨した際、シーディアはアデルを妬むどころか、古き慣習でめでたきことだと祝った。

　雅貴がザイールの言葉に信じられない思いを抱いていると、彼の声が一層小さくなった。

「毒ヘビはアデル側の刺客がお前を狙ったものだ」

　雅貴の鼓動が大きくトクンと鳴る。

「事故に見せかけて殺そうとしたようだが、失敗したな」

「っ……カフィヤ殿下が身を挺して守ってくださったため、私が助かったのです。もしアデル側の画策なら、カフィヤ殿下は私を助けようとはしないのではないですか？」

　それに暗殺を目的としていたなら、毒を定期的に抜いているサーカスのヘビなどを使うだろうか？

　その疑問も浮かぶ。

「もっと上層部が動いている。カフィヤ殿下さえもこのことは知らぬ。ゆえに彼がお前を庇《かば》って嚙まれたのだろう。アデル側もとんだ誤算だったということだ。今頃、上層部では誰が失態の責任を取るか大騒ぎであろうな。そして次こそはお前を確実に殺そうと狙ってくる」

「そんな……」

もしそれが本当なら、こうやって雅貴が病院にいる間も、ここにいる彼らの誰かから監視され、虎視眈々と命を奪う隙を狙われているのかもしれない。

「大体、本当にアデルには依り代の発情を抑える秘密の果実というものが存在しているのか？　聞いたこともない。どうなんだ？　雅貴」

「……存在しています」

そう言うしかない。ここでそれはカフィヤのでたらめだったと言えば、彼の立場が悪くなる。もし命を狙ううんぬんが本当であれば、カフィヤの嘘はますますシーディアに追いつめられる格好の理由になってしまう。

だが、カフィヤは最初から雅貴を殺すつもりでここに連れてきたのかもしれない……。

一つの仮定が雅貴の脳裏を占める。それはゆっくりと雅貴の胸に黒い影を落とした。

もしそうならば、彼が嘘をついてまで雅貴をアデルに連れてきて囲おうとした行動の意味がわかる。

この先、殺すまではしないかもしれないが、雅貴を監禁し、シーディアに帰さないくらいのことはしそうな気がする。

アデルの繁栄を願うならそれくらいしかねない。あの男なら……。

身近なところで考えれば、ちょうど国境で揉めている。ここでシーディアに依り代が現れたとなれば、国境問題もシーディアの思うように進むと思ったのかもしれない。

ただ、アデルの依り代の亮に会わせてくれたことだけは、説明ができない。それに彼の気遣いや、時折見せる優しさがすべて仕組まれたことだとは思いたくない。

「——そうか、やはり秘密の果実は実在するのか。確かにお前に近寄っても誘われている気にはならないな。その果実の威力は凄いものだな」

ザイールがいるのに、また考えごとに耽っていた自分に気がつき、慌てて曖昧に返事をする。

「ええ……」

雅貴は視線を足元に落とした。

今、カフィヤから離れたほうがいいのかもしれない——。

再びその思いに駆られる。

傷が浅いうちに彼から離れたほうがいい。自分一人で事が済むうちに終止符を打ったほうがいい。このまま両国を巻き込むことになる前に、身を引かなければ。

「雅貴、ここは病院で警備も手薄だ。今ならここから逃げ出せるぞ」

「今から、逃げる……」

ザイールの言葉がずしんと胸にくる。頭で考えているのと、実際行動に移すことが、こんなにも差があるとは思ってもいなかった。

だが、悩む必要はない。雅貴は行かなければならないのだから——。

「取りあえずシーディアに帰るぞ。それからお前の話を聞いて、正式にどうアデルに対応するか考える」

「ザイール義兄上、私は別にここで不当な扱いを受けたわけではないので、物騒なことは考えないでください」

もしかして義兄はこれを機に、アデルに何か仕掛ける気なのかもしれないと思うと、雅貴の不安が募る。

「それも後からお前に聞く。今はとにかくここから出るぞ」

ザイールは強引に雅貴の手を摑むと、その場から雅貴を連れ出したのだった。


深夜でもアデルの王都の街は煌々《こうこう》と灯《あか》りに照らされていた。街路灯はもちろんのこと、ネオンに飾られたビルも煌《きら》びやかに輝いている。

雅貴とザイールを乗せたリムジンは王都でも老舗《しにせ》のホテルの前に着いた。

「ここは？」

「ここで、今回我々を密入国させてくれた協力者と落ち合うことになっている」

「協力者？」

その響きに嫌な予感がする。義兄を密入国させた相手とは一体誰なのか、気になって仕方がない。

ザイールはそのままフロントに寄ることなく、エレベーターへと乗り込んだ。従者も一緒に乗ってくる。途端、雅貴はまるで自分が囚人にでもなったような錯覚を覚えた。従者はザイールの護衛ではなく、まるで雅貴が逃げ出さないか見張っているかのように思えた。

「義兄上……」

ザイールに声をかけるも、彼は雅貴を一瞥しただけで、エレベーターの点滅する階数に視線を戻す。

やがてエレベーターが軽いベルの音を鳴らして、目的の階に到着したことを知らせる。

開いたドアの先は、赤い絨毯が敷きつめられたロビーが広がっていた。

エレベーター脇には警備員が常駐しており、ここが特別な階であることがわかる。

ザイールは黙って降りると、廊下をまっすぐに突き進んだ。やがて一つのドアの前で立ち止まる。

「雅貴、お前は愚かな義弟だったが、これで名誉挽回《ばんかい》をしてみろ」

「え……」

義兄が開けたドアの先には見知らぬ白人の姿があった。三人ほどいる。

「ザイール殿下、ご足労申し訳ありません」

ドアが開いた途端、そのうちの一人の白人が腰を低くして、義兄に声をかけた。

「これが聖獣の依り代となった我が義弟だ」

ザイールはすぐに雅貴をその白人らに紹介した。

「おお、この方が我がアメリカに利益をもたらしてくれる依り代殿か」

アメリカ——？

雅貴は隣に立つザイールの顔を見つめた。ザイールはこちらを見ることなく、まっすぐアメリカ人を見つめている。

どういうことなのかわからない。政治問題に限らず、多くのことに諸外国の介入はなるべくさせぬというのが、最近のシーディア王国の国王の考えだ。

シーディア王国自体、過去に幾度か煮え湯を飲まされたこともあるし、多くのアラブ諸国が諸外国の代理戦争に巻き込まれ痛い目に遭《あ》っている。

どうしてアメリカの人間と義兄が手を結んでいるのか理解ができなかった。

「私はライアンです。よろしくお願いします」

雅貴に握手を求めてくるが、それを無視して義兄を振り返った。

「義兄上、どういうことですか？　アメリカって……何をなさろうとしているんです」

「シーディアはアメリカの力を借りることにした。小さな火種がたくさんある近隣に、我が国も後ろ盾がなければ、いつ潰《つぶ》されるかわからない」

「ですが、国王は諸外国の介入を望んでいません」

「父は考えが古いんだ。昔のことをいつまでも言って。国を守るには力が必要だ。今のままでは我々は他国によって飲み込まれてしまうだろう。今は諸外国も下手なことはできない。もし不合理なことをすれば世界中からバッシングを受けるからな。それに国連も黙っていないだろう」

「馬鹿な――」

「お前が心血を注いでいる国境問題も片づくんだぞ。いい話ではないか」

「何を……企《たくら》んでいるんですか？　義兄上」

雅貴の質問にザイールの口端が持ち上がる。その嫌な笑みに雅貴は本気で恐怖を感じた。

「お前はアデルに誘拐され行方《ゆくえ》不明になるんだ。我々は王子を誘拐されたという大義名分で、戦争を挑む。今度こそはっきりとバルデ村がシーディアのものであると、アデルの奴らに知らしめてやるのだ。我々にはアメリカが援護してくれることになっている。アデルなどすぐに叩きのめしてやる」

「頼もしいですな、殿下」

ザイールの言葉にライアンが賞賛を送った。

「それでバルデ村から出る石油の何割かをアメリカに優先して輸出するという算段ですか？　義兄上」

「その通りだ。血は繋がっていないといえど、我が義弟《おとうと》、察しがいいな」

「アデルにはまた違う国がついて、戦いが泥沼化して長引くとは思わないのですか？　そうしているうちに国が疲弊してどれだけの国民が難民となるのか……っ」

いきなりザイールに頬を叩かれる。

「知った口を利くではない。お前など本来は王族でもないくせに。私に対等に口を利くな」

「あ……義兄上」

「まあまあ、ザイール殿下、雅貴殿下は事情がまだわかりませぬゆえに。ゆくゆくは我々にとっては金の卵となる存在ですから、お手柔らかに……」

間にライアンが入り、仲を取り持つ。それによって少しだけ義兄の怒りが収まったようだった。

「雅貴、お前はこのライアン殿と国を離れろ」

「何を……」

「お前はアデルに誘拐されたことになるんだ。その身を隠さなければならない。アデルに勝った折には、アメリカによってお前が救出されたことにし、シーディア側の国民感情を親米派に持っていくのに一役買ってもらう」

「義兄上……っ」

雅貴が義兄に縋ろうとした時だった。雅貴の躰の芯にいきなり雷にでも打たれたような鋭い痺れが走った。

「くっ……」

「雅貴？」

ザイールが雅貴の異変に気づいたのか、不審げに名前を呼んできたが、答える余裕がすでに雅貴にはなかった。

躰の奥底から覚えのある淫らな快楽が湧き起こる。

「あっ……」

立っていられなくなり、床に倒れ伏す。いきなり躰が発情したのだ。

餌だ——。

頭の中で聖獣が呻くのが聞こえたような気がした。

ザイールを入れて男性が四人。雅貴の躰を依り代としている聖獣が、獲物を狙うかのように舌舐《したなめず》りしている様子がありありと脳裏に浮かぶ。

だめだ——！

雅貴は聖獣に命令した。ここで発情してしまったら、どんなことになるのか想像もつかない。

だが。

「なんだ……この甘い匂いは」

アメリカ人の一人が雅貴の発情の匂いに気づいてしまった。

「雅貴……」

ザイールが信じがたい目で雅貴を見つめてきた。

「そうか、秘密の果実とやらの効力が切れてきたのだな」

「あ……」

ザイールの指が床に倒れている雅貴の顔を撫でてきた。それだけなのに、ぞくぞくっとした快感が背筋を駆け上る。

カフィヤと肌を重ねてから丸一日経っていた。いや、まだ一日しか経っていないのに、すでに躰が快楽に飢え始めている。

「聖獣が我々を欲しがっているようだな、そうだろう？　雅貴」

顎を摑まれ顔だけ上を向かされる。義兄の顔が間近にあった。

「瞳が潤んでいる。発情している証拠だ」

「あ……あに……うえ……」

呼吸が苦しい。熱が内側から躰を焦がし、脳が沸騰しそうだ。

熱い……。

こんな症状は聖獣が降臨してから初めてだった。降臨した初日も、まだここまで飢えていなかった。カフィヤの愛撫に慣らされ、快楽を覚えてしまったゆえに、情欲も強くなったに違いない。

いつもこうなる前にカフィヤが処理してくれていたのだと思うと、余計カフィヤが恋しくなった。

カフィヤ――。

「依り代を抱くと、ご利益があるというのは本当ですか？」

ライアンの声が雅貴の鼓膜に鈍く響く。

「ああ、そういう噂もある」

「我々が雅貴殿を預かっている間は、どう扱ってもよろしいのですな」

「殺したり、気を狂わしたりしなければな。後々、アデルを制圧した暁にはコレの使い道がまた出てくる。その時、正気でないと困るからな。狂った依り代では国民の感情がついてこぬ」

「それは重々承知しております。ただ抱けばご利益があるとすれば、各界の大物がこぞって、この王子を抱きたがるでしょうな。金がある人間ほど、迷信、占い等には湯水のように金を使い、またその手の話題には敏感ですからな」

「金のある人間にコレを抱かせるというのか？」

「かなりの商売になるでしょう。売上金の半分はザイール殿下にお渡ししますよ、後の半分で雅貴殿下の生活費などを賄うことができましょう」

「なるほど、自分の食い扶持は自分で稼がせるということか。余った金はお前たちの懐に入れるなり好きにすればいい」

ザイールはそうライアンに告げると、再び視線を雅貴に戻してきた。

「雅貴、人から施しを受けなくとも済みそうだな」

ザイールの手にいつの間にか短剣が握られていた。

「っ……」

恐怖を感じた瞬間、短剣が雅貴の衣服を切り裂く。綺麗に衣服の前が裂かれ、雅貴の肌が露になった。

「な……」

「アジア人特有のきめ細かな肌だな。お前の躰が商売になるかどうか確かめてやる」

「義兄上っ！」

雅貴は熱で痺れる躰をどうにか動かし、逃げた。だが義兄、ザイールの他、まだ男が三人いる。四対一ではすぐに捕まってしまう。

「やっ……」

床へ引き倒される。躰の上に男がのしかかって雅貴の動きを制してくる。

「暴れると面倒だ」

ザイールの声が頭上から聞こえる。その声とほぼ同時に、両手首と両足首が拘束される。

「何を……！」

手首も足首も細い紐のようなもので括られた。言い知れぬ恐怖が雅貴を襲う。

「義兄上！」

無理やり仰向《あおむ》けにされる。義兄に助けを求めても無駄だと思っても、彼に向かって叫ばずにはいられない。

躰に辛《かろ》うじて絡まっていた服を剝ぎ取られる。

「これは綺麗な肌ですなぁ」

ライアンの無骨な指が雅貴の胸を弄ってくる。吐き気がしそうになり雅貴は噎《む》せた。

「乳首など、綺麗な桃色ですな。まだ女性ともあまりお遊びではないようで」

乳頭をきゅっと摘《つま》まれる。途端鋭い電流が雅貴の下半身へと走る。

「ああっ……」

「おやおや、この殿下は乳首が感じるようですぞ」

「我が義弟ながら、淫らに育ったものだな。胸を少し触られただけなのに、男根が勃《た》ちかけている」

嘲笑《あざわら》いながら、ザイールは雅貴の下半身を指で弾いた。刹那、じんじんとした疼痛が雅貴をおかしくする。腰を大きく左右に振り、己の高ぶりをさらに大きくした。

「あああっ……」

「これは面白いな。聖獣とはこんなにも感じやすく、多情なのか」

義兄が新しい玩具でも手に入れたように目を輝かせたかと思うと、懐からコンドームを取り出した。

躰の中から快感がふつふつと泡となって弾けるような感覚が雅貴の中に生まれる。今からされるだろう蛮行に、聖獣が期待に胸を膨らませているのか、雅貴の理性を早くも断ち切ろうとしてくる。

「まさに男に抱かれるために生まれてきたんだな、雅貴」

床に仰向けになっていた雅貴の側にザイールが座ったかと思うと、そのまま雅貴を引き寄せ、自分の膝の上に乗せた。

義兄にいきなり抱き寄せられ驚く間もなく、下肢に違和感を覚えた。

「ここを緩めないと、男は咥えられなかったんだったな」

「あ……義兄上……」

兄の言動から、彼が今から何をしようとしているのか、雅貴には簡単に想像がついた。そしてその通りに、ザイールの指が雅貴の双丘の狭間《はざま》に潜む蕾に押し当てられる。

「んっ……」

蕾が自然とひくつくのに気づいてしまう。カフィヤによって与えられた快感を躰が覚えているのだ。そこに硬くて太いものを挿入されると気持ちがいいことを、躰が知っているがために、早くも受け入れようと口を開け始めた。

「おや？　雅貴、お前は男と寝たことがあるのか？　私の指を簡単に飲み込んだぞ？　まさかカフィヤ殿下とそのような関係を結んだとか言わないだろうな」

雅貴は必死で首を横に振った。カフィヤとのことを知られたくない。今となっては雅貴にとって、カフィヤとの情事は他人によって穢《けが》されたくないものだった。

「まあ、どちらでもいい。聖獣の依り代になって、躰が変わったのかもしれないしな」

義兄が一人で納得するのを、雅貴は体内で不規則に蠢く指の動きに耐えながら聞いた。

ふいに彼の指が抜けていく。不愉快な圧迫感から解放され、息を吐いた時だった。義兄が己のものにゴムを被せるのを気配で感じた。

「義兄さん⁉」

信じられない思いで義兄を振り返ろうとした途端、猛った肉棒がいきなり雅貴の蕾に突き刺さる。

「あああっ……」

それは勢いをつけ、奥へと狭い道を押し広げ進んでくる。

「くっ……きつくて、気持ちいいぞ」

義兄の吐息交じりの声が首筋で聞こえる。義兄に抱かれているのだとリアルに感じ、その禁忌に躰の芯が淫らに震える。禁忌さえも気持ちがいいと感じるのだ。

ザイールの動きに合わせ、嬌声が漏れ始める。

「あぁっ……あああっ……」

もたらされる享楽に、雅貴の全身からカッと熱が発散される。

「ああ、いい匂いがする……これが依り代の匂いか」

ザイールが雅貴の首筋に鼻を埋め呟いてきた。途端、他の三人の男も雅貴の周囲に群がる。

「殿下、我々もご相伴に与りたいのですが、よろしいでしょうか」

「ああ、許す。皆でコレを充分愉しむがいい」

「義兄上っ……」

ザイールの言葉が信じられなかった。複数の男から慰められることなんて、されたくない。

カフィヤ——！

ここにいない男の名前を心の中で叫ぶ。カフィヤはまだ意識不明で集中治療室にいる。とてもここに現れるわけがない。

「あっ——」

「なんとも可愛らしい乳首ですな。噛み切ってしまわないように気をつけねば。何しろ一国の王子だ。乳首をなくしては大変ですからな」

三人のアメリカ人の一人が恐ろしいことを言いながら、雅貴の乳首に舌を絡ませた。その慣れた舌技に乳首がすぐに性感帯の一つへと成り代わる。乳頭を甘噛みされるたびに腰を左右に大きく揺すってしまい、雅貴の中に挿れているザイールが悦ばしげに溜息をつく。

「雅貴、お前は名器だな。襞《ひだ》がうねうねと蛇腹のように蠢いて私に絡んでくるわ。その辺の女よりかなりいい……あぁっ……」

ザイールの悦ぶ声を聞き、雅貴の全身に鳥肌が立つ。快楽は得られても心は冷めるばかりだ。

「では、私はこの可愛らしい果実をいただきますぞ」

二人目の男がすでに大きく反り返っていた雅貴の下半身を握ってきた。

「あああっ……」

一番弱い箇所を触られ、達きそうになる。

「おやおや、もうびしょ濡れではありませんか。雅貴殿下、少々堪えませんと、後がもちませんぞ」

男がそう言いながら、ぺろりと雅貴の下半身を舌で舐める。それまでギリギリのところで押しとどめていた血潮が小さな刺激のせいで、一気に溢れ返った。

「ああっ……」

勢いよく吐精してしまう。精液が男の顔に飛び散るほどだ。

「なんとまあ……活きのいい王子だ。顔を精液で濡らされるなど久々だな」

男が手の甲で自分の顔についた雅貴の精液をぬぐう。そしてそれを美味しそうに舐めとった。

「若い男の精液が大好物でしてな」

「あ……」

両脚が自由ならば男を蹴飛《けと》ばしたい。だが両足首を縛られ、先ほどからザイールに後ろからはめられている躰では動くにも限りがあった。

男の肉厚な唇が雅貴の笠の部分を頬張る。そのままゆっくりと口腔《こうこう》の奥まで飲み込まれた。下半身がすべてねっとりとした粘膜に包まれる。そこに舌と歯、続けて頬肉までも使って雅貴の下半身を愛撫し始める。

「ああっ……はああっ……」

すぐに二度目の射精をしてしまう。だが男は唇を離すことなくそれをすべて飲み込んでいく。そんな姿を目の前で見せられ、雅貴は自分自身を嫌悪した。

「いや……だっ……こんなの……いや……だ」

「嫌だと言っても仕方あるまい。これが依り代の運命だ。快楽を得てこの世を生きるのだ。そして我々や祖国に繁栄をもたらすのが、雅貴、お前の役割だ」

ザイールが小さく唸《うな》ったかと思うと、雅貴の中でゴム越しに熱い飛沫が弾けるのがわかった。達ったのだ。じわりと吐き気がするような嫌な熱が伝わってくる。

「まだだ……まだ達けるぞ」

そう呟くザイールの下半身が再び嵩を増す。

「義兄上っ……」

膿《う》んだ場所で再び硬い楔が行き来を激しくする。

「ああっ……」

喉を仰け反らすと、視界に赤黒い男の男根が目に入った。三人目の男のものだ。

「さあ、咥えてくださいな」

雅貴は首を横に振って拒否した。だが自分を後ろからはめるザイールが口を挟んできた。

「雅貴、それを咥えるんだ。後で他の人のも咥えて差し上げろ。私はお前の尻《しり》で達くが、後の三人は口で達かせるんだ。さもなくば、いつまでもこの狂宴は続くぞ。お前も解放されたいなら、咥えるんだ」

「なっ……」

「皆の者、動きを止めろ」

ザイールの言葉に、雅貴の乳首を舐めていた男も、下半身を頬張っていた男も、そしてザイール自身も動きを止めた。

「さあ、お前がそれを咥えなければ、止まったままだぞ」

「あ……」

それは拷問に等しいものだった。

躰の熱が高ぶり、快感をまさに貪る寸前で止められたのだ。聖獣が全身を使って飢えを訴

えてくる。

欲しい——。

雅貴は舌をちろりと唇から出した。顔を横に向け、男の肉を頬張る。

「よくやったな、雅貴。そうだ、そうやって素直になれば、私も悪いようにはしないぞ」

ザイールが雅貴の臀部を擦り合わせるようにして捏《こ》ねる。彼の男根をより強く感じ、雅貴は腰をくねらせた。

「いいぞ、いいぞ……雅貴」

五感のすべてが快楽にしか反応しない。四人の男に同時に犯され、次第に理性も熱に溺れる。

雅貴は快楽だけを忠実に貪る獣となり果てていくのを遠くに感じながら、心が冷めていくのを意識せずにはいられなかった。

凍りついたような感覚で、この状況を淡々と理解する自分がいる。哀れだとか、情けないだとか、そういう思いがすべて吹き飛んでしまった。

これが聖獣として——真の伴侶のいない依り代として、生きていかなければならない現実なのだと自分に言い聞かせる。

それでも感情に蓋《ふた》をしきれずに、溢れ出す想いがある。涙が静かに頬を濡らすのもそのせいだ。

感情など捨ててしまいたい――。

カフィヤ以外の男に抱かれても自分は快感を充分に得られた。だが、心が寂しいままだ。彼の時のように、身も心も満たされたような思いは到底湧き起こってこなかった。

相手を想うか想わないかで、こうも違うとは思ってもいなかった。

カフィヤに飽きられたら、雅貴の将来はこの蛮行の繰り返しとなる。

たとえ国の繁栄のためといえども、そんな運命を背負うなら死んでしまいたい。

『相手が真の伴侶であるからこそ、僕たちは満たされるんです』

アデルの国の依り代、亮の声がこだまする。彼の幸せそうな笑顔が瞼の裏に見えた。

『本当に仲睦まじいのですね……』と雅貴が言うと、亮は耳まで真っ赤にして『はい』と頷いた。微笑ましくも羨ましい。同じ依り代として、雅貴も本当は彼のようになりたかった。

プライドにも王族という名前にも邪魔されず、素直に愛していると口にできるようになりたかった――。

このまま依り代として生きていき、真の伴侶に出会えぬままだとしたら、とても雅貴には叶えられない夢のような気がする。それよりも愛のない享楽の日々はきっと雅貴の心を荒ませるに違いない。

カフィヤ――。

もう何度目かわからないが、ここにはいない彼の名前を呼ぶ。

彼の名前を口にするだけで、萎《しぼ》んだ心にわずかであるが勇気が湧いてくるような気がした。

『私は大丈夫だ……お前は噛まれなかったか？』

カフィヤの声が脳裏に響く。彼はヘビに噛まれ、瀕死の状態だったというのに、気を失う寸前まで雅貴のことを気遣ってくれた。

彼のその優しさだけで充分だと思えばいい。しかし思う側から、それだけでは足りないと、雅貴の心が訴えてくる。

片思いは昔から辛いものだと相場が決まっている。諦めろ。

揺れる心に自分で止めを刺す。

「雅貴……もっと緩めろ。私を食い千切る気か？　はっ……」

義兄の声で現実に引き戻される。すると雅貴の下半身を口にしていた男の動きがふと止まった。

「何か音がしませんでしたか？」

その声に男たちの動きが一斉に止まる。雅貴も一緒に耳を澄ました。確かに部屋の外が少し騒がしい。続いて何か物が割れる音も聞こえた。

『――きっ』

自分の名前を呼ばれたような気がして、雅貴は顔を上げた。

防音がしっかりしているせいか、音が部屋の中まであまり聞こえてこないので、よく聞き取れなかった。

誰か来たの、か——？

そう思った時だった。小さな爆音と共に、雅貴のいる部屋のドアが開いた。

え……？

小型爆弾を使って鍵を爆破したようだ。白い煙の先にカフィヤの姿を見た。

「カフィ……ヤ」

こんな場所にカフィヤがいるはずはない。カフィヤは毒へビに噛まれ、集中治療室にいるはずだ。

「雅貴！」

だがその声、その姿、何もかもがカフィヤでしかありえなかった。

カフィヤは、男四人に押さえ込まれていた雅貴を見つけた途端、苦い表情を見せた。当然であろう。どう見ても強姦《ごうかん》されているとしか見えない状況なのだ。嫌悪感を抱かれても仕方がない。

雅貴はカフィヤの顔をまともに見ることができず、視線を床に落とした。

「この男らを捕まえろ！」

すぐにカフィヤの背後から大勢の人間が現れた。衛兵だろう。彼らは次々と雅貴の周りにいた男らを縛り上げ、部屋の外へと引きずり出す。義兄などは前を晒したまま連れて行かれた。

拘束されていた手足の紐を解かれている間も顔を上げられずにいた雅貴に、ふとシーツが被せられる。そして優しく包み込まれた。

「っ……」

寝室から持ってきたのであろうシーツの上から誰かにきつく抱き締められる。鼻先を掠めた香りですぐに自分を抱く男の名前がわかった。

「カフィ……」

彼の躰はまだ熱を持っていた。回復しきっていないのだ。さらに彼の腕が小さく震えているのに気づき、雅貴はそれ以上言葉を続けることができなかった。

恐る恐る彼の顔を見上げると、今にも泣きそうなカフィヤの顔があった。

「すまない――」

小さな声でカフィヤが雅貴にそう呟いたのが聞こえた。

途端、雅貴の胸の中で何かが弾けた。今まで溜まっていたものが再び涙となって溢れ出る。

「あっ……」

どうしてか涙が止まらない。泣き声も抑えることができず、とうとうカフィヤの腕の中で泣きじゃくった。

カフィヤがそっと雅貴の背中を擦り、もう大丈夫だと告げると、急に立ち上がった。雅貴は泣きながら彼を見上げる。するとカフィヤは見たこともないほどの怒りの形相に顔を歪めていた。

「カフィ……」

雅貴が呼びかけるも、カフィヤはくるりと踵を返し、部屋のドアの近くへと戻る。そこにはザイールやアメリカ人の男たちがカフィヤの連れてきた衛兵に捕まり縛られていた。

カフィヤは彼らに歩み寄ると、いきなり容赦なく殴った。

人によっては骨が砕けたような音がする者もいた。

「こやつたちは政治的駆け引きでコマになってもらう。殺すではない。だが王族に仇《あだ》なした者として、それ相応の拷問を許す」

「かしこまりました」

カフィヤの命令に衛兵が頭を下げ、男たちを部屋から連れ出そうとすると、そのうちの一人、ザイールが大声を上げた。

「無礼者めが、私はシーディアの第三王子であるぞ！」

「そんなことはすでに知っておる。お前の場合、義兄弟にもかかわらず、雅貴をこのような目に遭わせた罪をきっちりと償ってもらう」

「そやつが私を誘ってきたのだぞ。依り代という武器を手に、私を無理やり襲ったのだ！奴こそが義兄に手を出したと罰せられるべきだ！」

ザイールが雅貴を指差して糾弾した。雅貴はそれを信じられない思いで見つめた。ショックで息が止まりそうにもなる。

依り代という特殊な身の上ゆえに、義兄の言っていることを本当だと思われたくないのに、自分でそれを証明する手だてがない。

カフィヤには絶対誤解されたくないのに——。

「——嘘も大概にしろ。お前のここでの会話はすべて記録されている。お前がどんなに嘘をつこうが、ここに真実がある限り、お前の国を脅すこともできる」

「なっ……」

カフィヤが衛兵に目配せをすると、すぐにどこからか音声が流れてきた。

『……お前はアデルに誘拐されたことになるんだ。その身を隠さなければならない。アデルに勝った折には、アメリカによってお前が救出されたことにし、シーディア側の国民感情を親米派に持っていくのに一役買ってもらう……』

それは先ほどザイールがここでしゃべったことだった。どこかで録音していたようだ。

「お前が我が国を陥れようとしたことは確かだ。この件にどこまでシーディアの国王が関わっているかなど、後からきちんと確認せねばなるまいな」

ザイールは目に見えるほど動揺をし、躰を震わせていた。

「連れて行け」

カフィヤの一言に雅貴を陵辱した男四人がすべて部屋の外へと連れ出されていった。そして残りの衛兵も頭を下げ、部屋から出て行く。ドアが静かに閉まると、そこには雅貴とカフィヤしかいない空間となった。

シーツにくるまる雅貴を再度、カフィヤが抱き締める。雅貴はみっともなくしゃくり上げながらも、どうしても確認したいことがあった。

「……ここで何があったか、わかっているんだな」

「……ああ」

カフィヤが静かに頷く。ザイールたちの会話が録音されていたということは、雅貴の嬌声やここで行われた陵辱行為もすべてカフィヤの耳に入っているということだ。

雅貴の目に再び大粒の涙が溢れ返った。それでも目から零れ落ちないように、歯を食い縛って我慢するが、容赦なく涙は次々と頬を濡らし始める。

これ以上泣いたら自分が惨めになるだけだとわかっているのに、涙を止めることができない。

「……依り代に幻滅しただろう？　私はどんな男にも躰を渡すんだ」

「幻滅などしていない」

「はっ……なら、私がどんな男に抱かれようが、お前はそれが当然だと思っているわけだな」

綺麗ごとを口にするカフィヤに一瞬どす黒い気持ちを抱く。自分の身に降りかかったことではないから、そんなに簡単に幻滅していないなどと言えるのだ。

どうせそれに対して言い訳などできないだろうとカフィヤを睨み上げると、彼は真剣な顔をして、雅貴の発言に反論してきた。

「違う！　当然などと思っていない。どうして私がそんなことを思わなければならないのだ。お前はまったくわかっておらぬ。お前を抱いていいのは私だけだ！」

普段から飄々《ひょうひょう》とし、あまりこの男が熱くなったところを見たことがなかった雅貴は、彼の言葉に瞠目した。

「正直に話せば、お前があの男たちに抱かれたことはショックだった。だが、お前が悦んで抱かれていないとわかっていた。お前は私が抱く時はもっとイイ声で啼く。あんな声で啼いたりはしない」

「な……何を」

いきなり恥ずかしいことを言われ、雅貴は目を剝いた。

「私は己の不甲斐なさに初めて怒りを覚えた。お前をすぐに助けることのできない自分の力のなさに憤りを感じた――」

再びカフィヤの腕が雅貴を力強く抱き締めてきた。息も止まりそうなほどの強さに、雅貴はどうしてか安堵を感じた。

「お前の痛みはすべて私の痛みだ――すまなかった、雅貴」

傷ついているのは雅貴のはずなのに、カフィヤの表情が酷く苦しげに歪む。まるで自分が傷ついているようだ。

「愛している、雅貴。この想いが聖獣の力で惑わされているのかどうか、もう考えるのは意味がないと悟った。真実だけを私はお前に伝える。愛している、雅貴、私がお前を愛しているのは事実だ」

「カ……カフィヤ」

突然の告白に雅貴は頭が真っ白になった。

「今回のことでよくわかった。私のプライドなど、雅貴、お前の前では意味のないものだ」

「カフィヤ……」

雅貴は涙を零しながらも、彼の背中に手を回した。まだ彼の躰が熱っぽい。毒が完全に躰から抜けていないのだ。それでも無理して雅貴を探しに来てくれた彼の愛情を疑うことなどできなかった。刹那、感情が迸《ほとばし》る。

「私も……お前を愛している――」

愛とはこうも抑えきれない感情なのだと思い知る。嘘がつけない。ついたとしても、胸の底からジンジンと痛みを発する狂おしい想いに負けてしまうだろう。

雅貴は彼の少し痩《や》せた頬を両手で挟み、初めて自分からそっとキスをした。鼻先が触れるほどの間近で彼の黒い瞳とかち合う。すると彼がわずかな間でも雅貴と離れたくないようで、すかさず唇を合わせてきた。何度も何度もそれを繰り返す。

「なら……ずっと私の側にいろ、雅貴。私は決めたのだ。お前が真の伴侶を見つけられず飢えに苦しむことになろうとも、私はお前を離したりはしない。その苦しみをすべて受け止める。お前を他の人間に触らせたくない」

「カフィヤ……」

彼の想いの強さがひしひしと伝わってくる。彼がそれほどまでに雅貴を欲してくれていることに幸福を覚え、心が震える。

「私を離すな……カフィヤ――」

彼のいつもより少し高めの体温に包まれながら、雅貴は自分の願いを口にした。

まだこの時は、すぐそこまでカフィヤとの別れが近づいてきていることを、まったく知らなかった――。


病院に戻ると、カフィヤはすぐにまた集中治療室へと運ばれた。病院に来るまでの間、す

でに車中から高熱を出して意識を失っていたのだ。

従者の話では、カフィヤはまだ容態がよくない中、雅貴の救出に向かったらしい。他人でなく自分が迎えに行かなくては意味がないと、止める医師らを振り切って出掛けたその気力に、誰もが驚きを隠せなかったとのことだった。

かなり無理をして雅貴の救出に来てくれたのだ。

車中で意識を混沌とさせるカフィヤの躰を抱き締めながら、雅貴は自分がどんなに彼を大切に思っているか、重々に思い知らされた。

いつの間にこんなに彼のことが好きになっていたのかわからない。一度好きだと気づいてから、どんどんと彼に愛しさを募らせる自分がいる。

最初は雅貴を怒らせるような言動ばかりとっていたのに、彼自身もプライドを捨てて雅貴のことを愛していると告げてくれた。彼のような性格の男が、そんな行動をとること自体、信じられなかった。ましてやそれほどまでに雅貴を愛してくれていることに、感動し胸がきつく締めつけられた。

カフィヤ……どうか早く目を覚ましてくれ。

そしてもう一度、その口で愛を囁いて欲しい——。

カフィヤは集中治療室に入ってすぐに抗生物質を投入され、そのまま面会謝絶となった。

雅貴は亮やサディルらと同じ控え室で、カフィヤの意識が戻るのを待つことにした。

「まったく無理をして……。あの馬鹿が。馬鹿は死なないと治らないというが、まさしくその通りだな」

サディルが苛立ちを隠せない様子で呟く。そんなサディルに亮は苦笑しながらも、雅貴に話しかけてきた。

「僕が、雅貴殿下が誰かと外へ出て行くのを見かけて、それをサディル殿下に伝えたところを、ちょうど意識が戻ったカフィヤ殿下の耳に入ってしまったのです。なんともタイミングが悪かったと言うべきか……」

申し訳なさそうに亮が小さく息を吐く。

「私が連れ去られたことに亮殿が気づいてくれていたんですね。また今度改めてお礼をさせてください」

「いいえ、そんなのは結構です。僕は雅貴殿下がご無事に戻られただけで嬉しいですから、そんなお気遣いなく……」

本気で困っている亮の姿を見て、不謹慎だが笑ってしまう。擦れていない彼の性格に、雅貴はこんな状況ではあるが、胸がほっこりと温かくなった。亮を近くに置いているサディルはきっと亮に何度も癒され、そして救われているのだろうと察する。

その証拠に、あまり人を寄せつけない雰囲気のあるサディルが、亮にだけは格別に気を遣い、常に側に置いている。

依り代と真の伴侶の絆《きずな》の深さを見せられた気がした。

そこに電子音が響いた。サディルのスマートフォンが鳴っているようだ。

「すまぬ、仕事の連絡のようだ。ちょっと外で話してくる」

サディルは亮に断ってから、そのまま部屋から出て行った。

「身に余る光栄です……殿下は本当に亮殿を大切にされているのですね」

亮は頬を赤らめて答える。いつまで経っても初々しい姿はサディルでなくとも、好ましいものだろう。

「亮殿は最初からサディル殿下と心を通じ合わせていたとか……羨ましいものです。真の伴侶がお近くにいたとは」

「ええ、ただ伴侶となるまでは、僕たちにもいろいろありました。もしかして殿下は僕の依り代の力に惑わされて好きだと勘違いしているんじゃないか……って最後まで思っていましたし」

「え……」

意外だった。今二人の仲を第三者の雅貴が見ると、とても勘違いには見えない。深く愛し合っているとしか思えないのに、当の本人たちはそれさえも気づかず悩んでいたのだろうか。

「あと、殿下はお優しいので、僕を哀れに思い、また国のために結婚してくださるのかもしれないって不安に思ったり……今思うと、かなりマイナス思考でしたよ、僕も」

今は笑って話している亮ではあるが、当時はかなり辛かったのだろうと察することができる。今まさに雅貴も不安に揺れているのだから――。

カフィヤは依り代のフェロモンに惑わされ、雅貴を好きだと思い込んでいるのかもしれない。

何度ぬぐっても消えぬ思いだ。今はフェロモンに騙されカフィヤも夢心地であるのが、やがてその夢から覚めて、現実に気づいた時、果たして雅貴を好きなままでいてくれるだろうか。

わからない――。

「亮殿はどうやって、その不安を克服されたのですか?」

「そうですね……。本当は死にたくなったこともあったんです」

「ええっ！」

それこそ同じだ。雅貴もこんな躰などいらない。死にたいと思ったことがあった。

「でも、そうやって聖獣を否定してばかりいる自分に、ある日ふと気づいたんです。聖獣がこの躰に宿っていることはもう変えられない事実なのだから、逃げずにこの聖獣と一緒に生きていくしかないって。この聖獣がきっと僕を幸せに導いてくれるって思うことにしたら、少し気が楽になりました」

「聖獣が幸せに導いてくれる……」

「ええ、そうしたら、サディル殿下のお気持ちも素直に受け止めることができるようになりました。聖獣は大切な人間を決して惑わしたりしないと信じたのもあるかもしれません」

「決して……大切な人間を惑わしたりしない……」

「だから雅貴殿下も聖獣が導くまま、それは殿下のお心のままと同じこと、思うように進んでいけば自ずと幸せがやってくると思います」

「自ずと……」

「ええ」

亮がにっこりと笑う。すると雅貴の中にいる聖獣が『その通りだ』と亮の意見に賛同しているような感覚を覚える。

一度しか聖獣の姿を見ていないが、銀色の毛をした狼だった。あの狼も雅貴の幸せを願ってくれているのだろうか。

「亮殿、一つだけ教えてほしい……」

「なんでしょうか?」

彼が少し不安げに小首を傾《かし》げる。彼が本当に雅貴のことを心配してくれることがそんな態度からも伝わってきて、心強く思う。

「依り代には真の伴侶が必要と言われる。もし他の人間を愛したとして、その人間が真の伴侶でなくとも、どうにかなるものでしょうか」

カフィヤと一緒にいられるなら、発情が一生治まらなくてもいい。発情の苦しみより、カフィヤとの別れのほうがずっと辛くて苦しいのだから。

「雅貴殿下のお心次第だと思います。確かに真の伴侶であれば一番いいですが、そうでなくとも、愛があれば幸せになれると思います。聖獣もきっと雅貴殿下を応援してくれるはずです」

「そういうものなのですか」

「逆に考えれば、真の伴侶であっても愛がなければ、きっと幸せにはなれないと思いますよ」

亮の言葉が胸に染みる。そうだ。もし真の伴侶に出会えることがあっても、相手を愛せなかったら、それは幸せとは言えない。自分にとっても、相手にとっても、だ。

「亮殿――」

雅貴は膝の上に乗せていた拳にぎゅっと力を入れた。亮にだけ、聞いてもらいたい。自分が誰にも言えない想いを。秘めた胸の内を明かしたい。

「――もし、私がカフィヤのことが好きだとしたら……」

「好きというのは、仮定なんですか?」

てっきり亮は驚くものだと思っていたが、まるで以前から知っているかのような口ぶりで尋ね返してきた。

「え……いや……その」

どう言ったらいいのかわからず戸惑っていると、亮は柔らかい笑みを浮かべた。

「申し訳ありません。聞かずともわかっております」

「亮殿……」

顔が赤らむ。意外と亮も意地悪なのかもしれない。雅貴は気を取り直して、言葉を続けた。

「私とカフィヤは敵対している国同士の王子です。もしカフィヤと心が通じ合うことができたとしても、伴侶となるには障害が多すぎる。多分私の母もシーディアの国王である伯父も大反対をするでしょう。相手が男性であることも不利です。真の伴侶であればまだ説得もできるかもしれませんが、今のままでは別れさせられる……」

アデル側もとても納得できるものではないだろう。第四王子といえば、王位継承権もかなり上位だと思う。そんな大切な王子を敵国の依り代、しかも男と結婚させようなどと誰が思うだろうか。

「それに……誰しもが、カフィヤが依り代のフェロモンに惑わされ、騙されていると思うに違いない……」

いや、実際そうなのかもしれない――。

もう迷わないと決めても、また同じ不安に何度も苛まれる。

雅貴は視線を膝の上に落とした。自分の持つ依り代の能力が怖い。相手の心さえコントロールして、愛していると錯覚させているのかもしれないと思うと、怖くて仕方がない。

「カフィヤの愛を疑う気はないですが、それでもふと不安で胸が苦しくなる時があるんです」

「殿下……」

亮の手がそっと雅貴の拳を上から包み込んだ。優しいぬくもりが亮の心を解きほぐしてくれる。それと同時に誰にも言えなかった想いがぽろぽろと零れ落ちた。

こんなことを言う自分が恥ずかしいと思った。だが、それでも誰かに聞いてもらいたかったんだと雅貴自身、今気がついた。

「それに私はシーディアの依り代です。国から出ることは許されない。戻ればカフィヤとは会うこともままならないでしょう。それでも私はカフィヤを伴侶として選んでもいいのでしょうか？　カフィヤとは名ばかりの伴侶にしかなれないのに……彼を縛りつけてもいいのでしょうか？」

愛していても、二度と会えないかもしれない。

他国の王子ではシーディアの聖獣の神殿近くにある依り代の部屋まで入ることは許されない。それに真の伴侶を得ない依り代はなかなか外にも出してもらえなくなるだろう。

「彼を苦しめたくないのに――」

自分のエゴを貫き通すために、彼の心を――しかもフェロモンによって惑わされているかもしれない彼の心を犠牲にしてもいいとは思えない。

もしかしたら雅貴が彼の前から消えることによって、彼は目が覚めるかもしれないというのに。

「雅貴殿下はカフィヤ殿下をなんだとお思いですか？　あの方の目は節穴ではありませんよ」

珍しく亮の厳しい声が響いた。

「亮……ど、の？」

「カフィヤ殿下が雅貴殿下のことを愛していると思ったのです。その心は真実以外何物でもありません。かつて僕がまだ真の伴侶を得ていない時、カフィヤ殿下とお会いしたことがありました。冗談で僕に手を出されようとしましたが、『愛している』とは言われませんでした。あくまでも興味があるだけという態度をとられておりました。雅貴殿下に対する態度とはまったく違います。カフィヤ殿下があんなにも心を砕いて雅貴殿下を大切にされている姿を、僕は見たことがありません」

「亮殿……というか、あの男、亮殿にも手を出そうとしたのですか？」

聞き逃せないことを耳にし、つい口調がきつくなる。

「あの！　未遂ですから……。カフィヤ殿下は元々そういう冗談好きというか……雅貴殿下に対して隠すようなことは何もありませんでしたから……」

亮が慌てて否定する。彼も口が滑ったと後悔しているようだった。

「亮殿を責めているわけではないのです。いや、まったくあの男らしいというか。最初に会った日も女性を買おうとしていたところでしたし。第一印象は最悪でした」

大体、雅貴が依り代になったその日に、夜這いをかけてきたのだ。それがどうしてこんなことになったのか。

「それでも雅貴殿下はカフィヤ殿下のことをお好きなんですよね？」

亮が楽しそうに双眸を細め尋ねてきた。意地を張るのも馬鹿らしく、雅貴は仕方なく本音を言った。

「……私は趣味が悪いんです」

そう言うしかない。最初は本当に節操がないどうしようもない男だと思っていたが、本気の相手がいなかっただけで遊んでいたようで、実は一途《いちず》で気を遣う優しい男というのが、だんだんとわかってきてからは、彼に惹かれていく自分がいた。

「雅貴殿下にはいろいろと難しい問題が山積みかもしれません。でもお一人ではなく、カフィヤ殿下もいらっしゃるのです。二人で協力し合えば、必ずいい方法が見つかります。諦めないでください、雅貴殿下」

亮が強く雅貴の拳を握り締めてきた。同時に彼から勇気が流れてくるような感じがし、雅貴の気持ちが少し浮上した。

「ありがとう、亮殿。あなたにはいつも励まされてばかりです。このお礼はいつか必ずします」

「ですから、そんなことは気を遣わなくてもいいんです」

「それ……」

雅貴が話しだした時だった。急にドアの向こう側が騒がしくなった。どうしたのだろうと、亮もドアのほうに視線を移す。

するといきなりドアが開いた。

「雅貴！」

「は、母上！」

そこにはシーディア王国にいるはずの母が黒いアバーヤで全身を包み、複数の従者と共に立っていた。

王族の女性が単身で外に出るなどと非常に珍しいことだ。それだけ事の重大性がわかる。母がどうしてここにいるのか理解できず、雅貴は母の元へと歩み寄った。

「どうしたのですか、母上。こんなところまで……」

「どうしたのですか、ではありません。あなたがアデルで誘拐未遂に遭ったと聞き、心配でたまらず急いで来たのではありませんか！」

「え？」

なぜそれを母が知っているのだろうか。ほんの数時間前の出来事だ。

「確かに誘拐されかかりましたが、カフィヤ殿下に助けていただきました。それよりも、その話をどこからお聞きになったんですか？」

そっちのほうが気になる。もしかして雅貴の身辺にスパイでも放っているのではないかと疑ってしまう。そうなると雅貴とカフィヤの間柄も母に筒抜けになっている可能性が高い。

冷や冷やする思いで、雅貴は母を見つめた。すると、母が言いにくそうに話し始めた。

「……第三王子のザイールから連絡があったのです。アデルで捕まったから助けてくれと。ですが、よくよく話を聞くと、ザイールがあなたを陥れようとしていたことがわかって、今、シーディアの王宮内は大騒ぎになっているのですよ」

スパイがいるわけではないことを知って、安堵するも、義兄、ザイールの浅慮に、雅貴の眉間に皺が寄る。

どうやらザイールはあれからすぐに祖国に助けを求めたようだ。だが、自分が犯行に及んだことに対して上手く言い訳ができずに、簡単にばれる嘘でもついたのであろう。

「雅貴、シーディアに戻っていらっしゃい。聞けばこちらのカフィヤ殿下があなたを庇って大怪我《おおけが》をされたらしいではありませんか。兄上もあなたのことをとても心配していらっしゃるんですよ」

兄上とは国王のことだ。やはりこの事件のことは国王の耳にも入っているようだ。

「ですが、私は今ここを離れるわけには……」

一度帰るにしても、カフィヤが目を覚ますのを待ちたい。それにもしかして二度と戻ってこられないかもしれない。それについてもカフィヤと相談がしたかった。

「母をこれ以上心配させないでちょうだい。依り代という存在はある種の人間にとっては喉から手が出るほど欲しい存在でもあり、一方では邪魔な存在で消そうとする輩もいるんですよ。あなたを外に出すのではなかったと、皆が後悔しております。お願いです。何も起こらないうちに、シーディアに帰りましょう」

母が心配のあまり過敏になっているのはわかる。しかしどうしても母の言うことを聞くわけにはいかなかった。

「私も充分に気をつけます。ですから、母上、落ち着いてください。私はもうしばらくこちらに滞在したいと思っております」

雅貴は母の手を握った。だが母は首を横に振るばかりで、雅貴の話に頷いてはくれなかった。

「雅貴、ここは敵国なのですよ」

「母上、皆の前で失礼ですよ」

「あ……」

母は興奮していたのか、雅貴が注意すると、少しだけ冷静に戻ったようだ。小さく息を吐くと、先ほどよりも落ち着いた様子で話を続けた。

「雅貴、いくらカフィヤ殿下のご好意で滞在しているからといって、いつ誰に寝首を掻かれるかわからない状況なのには違いありません。現に、カフィヤ殿下自身があなたを庇い、お怪我をされてしまったではありませんか？　雅貴、あなたも自分の立場に責任を持ちなさい」

「母上……」

責任という言葉を出されては雅貴も何も言い返すことができなかった。雅貴には雅貴の責任があるのだ。己の恋心だけで行動することは許されない。

すると雅貴の背後から声がした。亮だ。

「あの……雅貴殿下はまだこちらでしなければならないことがおありになり、今すぐにシーディアにお戻りになることができないのです」

亮が雅貴に助け舟を出してくれた。亮は雅貴を振り返った。だがすぐに母の声が続く。

「あなたがアデル王国の依り代様でいらっしゃいますね」

「あ、はい。ご挨拶が遅れました。依り代の亮・篠原《しのはら》と申します」

「このたびは雅貴がいろいろと世話になりました。ですが、依り代様ならよくおわかりのはず。外に出ることが、どれほど依り代にとって危険なことか」

「母上……」

亮にもきつく当たりそうな母に、雅貴は慌てて母を諫めた。母も気づいたようで、胸に手を当てて小さく深呼吸をした。母にしては珍しく気が立っているが、それも雅貴を心配し、愛するがゆえかと思うと、申し訳なくも思う。

母はまたゆっくりと話しだした。

「あれから我が国の学者が文献を調べ、男性の依り代についても多くのことが判明してきました。わたくしもお世話になったカフィヤ殿下が大変なことになっている時に、ご挨拶もせずにあなたを連れ出すことには気が引けます。ですが、あなたのことも緊急を要するのです」

母の瞳から大きな雫となって涙が零れ落ちる。母を悲しませることはしたくないと思っていた雅貴にとって、母の涙はこれ以上なく、動揺させた。

「雅貴殿、母上殿の言われる通りだと思いますぞ」

いきなり声がする。ドアに視線を向けると、サディルが立っていた。どうやら電話が終わって戻ってきたようだ。

「兄のカフィヤには私から伝えましょう。我々も警備の不備で雅貴殿を危険な目に遭わせてしまったことは事実。この先も同じようなことが起こらないと言い切ることはできない状況です。雅貴殿、ここはまず、お国へ戻られたほうがよろしいかと」

「サ……サディル殿下」

サディルは、カフィヤと雅貴の仲を知らない。だからこそ、正しい判断を口にできるのだ。

雅貴は己の恋に狂ったゆえの判断力のなさを見せつけられたような気がして恥じた。

結局は、カフィヤとは別れる運命なのだ。ここでどんなに抵抗したとしても、依り代の運命は雅貴の意思とは関係なく決められているのだろう。

それならば雅貴は、できるだけ多くの人に迷惑をかけないようにするべきなのだ。

「わかりました……。母上、国へ戻ります」

「雅貴！」

母の華奢な躰が雅貴にしがみついてくる。我が子愛しさに、王族の女性であるにもかかわらず、一人で遠くまで迎えに来てくれたことに改めて感謝する。

「サディル殿下、亮殿、お騒がせして申し訳ありませんでした。慌ただしくはありますが、私はこれで国へ戻らせていただきます。カフィヤ殿下には……また後日お礼を……」

涙が溢れそうになり言葉に詰まる。こんなに簡単に彼との縁が切れることに、寂しさを覚えた。

亮が見かねて雅貴の背中を擦ってくれる。

「僕が必ず伝えます。ですから心配なさらないでください」

「……ありがとうございます、亮殿」

雅貴は涙が溢れそうな目頭をさりげなく指で押さえると、母と一緒に、部屋から出たのだった。


「サディル殿下……」

雅貴の後ろ姿がドアの隙間から消えないうちに、亮はサディルに声をかけた。

「カフィヤ殿下と雅貴殿下は……」

「わかっておる。だからこそ彼を帰した。カフィヤの馬鹿が意識を失っているうちに雅貴殿に何かあってみろ。取り返しがつかなくなる。あの母親が言う通り、我が国にはシーディアに依り代が現れたことをよく思わない人間もいるのだからな」

そう言いながら、サディルが雅貴の後ろ姿から亮へと視線を移してきた。

「それにここで彼を匿っても、両国間の溝は埋まらぬ。王子を帰さぬと国際問題になるやもしれん。そうなるとますますカフィヤには不利になろう」

「殿下……」

いつもすぐ上の義兄、カフィヤのことをうるさがっているサディルだが、本当は一番仲のよい義兄弟でもある。サディルにはサディルの考えがあって最良の方法をとったようだ。

「大体、惚《ほ》れた相手が国に帰ったからといって、諦めるようではカフィヤの本気度が足りんのだ。そんな男なら、さっさと別れたほうが雅貴殿のためにもなる」

そう言いながら、別れたほうがいいなんてまったく考えていないんだろうと思うと、亮は微笑ましくなった。すると、サディルは亮が笑みを零したのを目ざとく見つけ咎《とが》めた。

「なんだ？」

「いえ、殿下のお心がなんとなくわかったような気がして、少し嬉しくなったんです」

「な、何をわかったというのだ」

「殿下が、とてもカフィヤ殿下のことを大切に思われているんだなって……」

「なっ……誰が、大切になど思っているか。あんな鬱陶しい男、さっさとどこかへ行ってしまえばいい。いつも亮との時間を邪魔ばかりするのだからな」

顔をほんのり赤らめて言い返してくる姿が、なんとも可愛らしく、亮は心の中でこっそりと微笑んだ。だが、そんな亮にサディルは八つ当たりをし始めた。

「大体、亮も亮だ。サディルと呼べというのを、まったく呼ばず、それなら二人きりの時だけは呼ぶと決めたはずなのに、今も殿下などと口にし、約束をまったく守らぬ。そういう冷たい恋人には、お仕置きをしなければならないな」

「あ……で……サディル」

二人しかいなくなった控え室で、いきなりサディルが部屋の鍵をかける。

「今さら呼んでも遅いぞ」

サディルはそう呟くと、亮の唇を啄《つい》ばんだ。そしてじっと顔を見つめてきた。

「サディル？」

「……お前が言う通りだ。あやつには幸せになって欲しいのだ」

亮に負けた感が強いのか、バツが悪そうにぽつりと呟いたかと思うと、すぐに亮をぎゅっと胸に抱き締めた。どうやら顔を見られたくないようだ。

そんな不器用な恋人に亮はそっと囁いた。

「わかっております」

そのままサディルの背中に手を回し、優しく抱き締めたのだった。

❖❖❖❖

雅貴がシーディアの王宮に到着したのは、陽が西に傾きかけた頃であった。

依り代の無事の帰還に王宮内が沸き、雅貴の立場も一王子から依り代へと格上げされ、仕える人間の数も増えた。

「雅貴、帰ってきた早々慌ただしいが、早速この写真の中から気に入った娘を数人選んでおきなさい。すぐにでも会えるように手配する」

謁見の間に呼ばれた雅貴は、国王から開口一番に嫁取りの話をされた。

ここ数日で雅貴の花嫁候補が二桁単位で選ばれており、王宮には多くの写真が届けられていた。

「お前の母からは言いにくい話だから、私が親代わりとして、お前に話しておきたいことがある」

「国王陛下……」

前国王だけでなく現国王も、特別待遇の雅貴を実の息子のように可愛がってくれている。もちろん親代わりでもあった。雅貴は素直に国王の話を聞いた。

「男性の依り代は真の伴侶が決まらぬ限り、発情期が治まらないことはすでに知っておるな」

「はい」

「正式に伴侶をどう決めるのかは、依り代であるお前の未知なる力に頼るしかない。そして手をつけた身分ある女性については、すべてと結婚せよ。正室と側室については、お前が女性を決めてからこちらで家柄などを考慮し、正式に決定するから、心配はいらぬ」

「……はい」

この国では最大三人の女性を妻として娶《めと》ることが法律で許されているが、どうやら雅貴の場合、それにおいても例外となるようだ。

「これからのことであるが……。伴侶が決まるまで、娼婦を手配しようとも考えたが、こちらは子供ができてしまったことを考えると、リスクが高い。そこでお前には申し訳ないが男娼を手配することにしている」

「だ、ん……しょう」

思わぬ提案に雅貴は顔を上げた。国王と視線が合う。

男娼は国として、建前上は禁止されている職業である。裏では、女性を抱けぬ理由がある男性が利用しているのも確かであるが、公には口にできない職業の一つだ。

「そうだ。男性であっても女性のように抱くことができる男娼だ。娼婦だと避妊具などに細工をされて子供を作られると困る。依り代の子供を故意に流すことは神に背くこととして許されておらぬからな」

「あ……」

雅貴はきつく目を瞑った。

カフィヤ以外の男性とは、もう二度と肌を合わせたくなかった。誘拐された時のあれが最後だ。

カフィヤは雅貴が愛しているただ一人の男だ。他の誰とも違う。

それがせめてもの雅貴のカフィヤに対する愛の証《あかし》であると心に決めていた。

どんなに飢えようが、雅貴にとって身も心も許す男はカフィヤだけだ。

国王の言うことに反論するのはとても勇気がいる。だが、今言わなければ、男娼を抱かされてしまうだろう。それだけは絶対嫌だった。

「男娼の手配はいりません」

震える声を抑えながら雅貴は国王に告げた。

「何を言っておる。飢えを鎮めなければ、お前も死に至るかもしれないし、他の人間に影響が及ぶのだぞ。仕方ない。男娼が嫌なら、娼婦を手配しよう。その代わり道具に細工がないか、第三者によってきっちりと調べることになるが、よいか?」

雅貴は首を横に振った。男娼だから嫌だと思ったが、改めて娼婦ならと言われると、それも嫌悪感を覚える。結局はカフィヤ以外とは肌を重ねたくないのだ。

結婚は依り代としてしなければならない。だがそれまではせめてカフィヤに貞操を誓いたかった。

あの男にこの覚悟が伝わることはない。雅貴の自己満足だ。しかしそれでも雅貴にとっては意味のある行為だった。

「……秘密の果実を少し貰ってきております。それで一週間ほどなら、何もしなくても大丈夫です」

嘘をついてしまった。雅貴の胸にずしんと罪悪感が生まれる。

「秘密の果実をか。アデル王国で門外不出とか言っていた果実だったな。カフィヤ殿下にいただいたのか?」

「はい」

「それならそれでよいが……。では一週間以内に伴侶を決め、早々に結婚をする段取りでよいな」

「わかりました」

国王は雅貴の言葉を信じてくれたようだった。これで一週間ほどは他の誰かを抱かされることはないだろう。だが逆に一週間、雅貴は飢えと戦わなければならないことも意味する。

馬鹿な覚悟だ——。

雅貴自身、己のすることに呆れ返る。自分の頑固さに笑うしかない。

雅貴は頭を下げると、早々に謁見の間を後にした。嘘をついたことが心苦しく、国王の側に長くいられなかったのだ。

部屋に戻ると、老齢の従者が控えていた。

「依り代様、今夜のお食事は何時頃にいたしましょう」

新しく仕えることになった従者の一人が尋ねてきた。他の従者も皆、フェロモンに引き寄せられないように年齢の高い落ち着いた男性が集められていた。

「今夜は疲れたので、このまま寝る。夜は私の寝室には誰も近づけぬように」

「かしこまりました」

従者は丁寧に頭を下げるとそのまま出て行った。途端、しんと静まり返る。

改めて与えられた部屋を見渡すと、無機質で温かみのない部屋だった。整然としているせいか、余計人の住んでいる気配を感じさせない。

王宮の中でも一番奥に位置する依り代の部屋は、外の雑音も一切聞こえない隔離された空間だ。

「静かだな……」

夕陽も砂漠の彼方《かなた》へとその姿を沈めようとしている。薄紫色の残光に照らされた室内はどこか物寂しげであった。

中庭に面するテラスにそっと腰を下ろす。砂漠に囲まれている都市とは思えないほど、中庭には緑が溢れていた。

花は陽が沈むのに合わせ、その花びらを閉じ始めていた。いくつもの花が緑の中でひっそりと眠りにつく。一輪で寂しく咲く花など一つもなく、どれも群生していた。一人なのはこの空間では雅貴だけだ。

「カフィヤ……」

愛しい人の名前を呼んでも、その声はただ空間に溶け消えていく。本人が現れることもなければ、誰かがそれに応えてくれることもなかった。

「っ……」

涙が急に溢れ出し、雅貴は顔を手で覆った。

孤独だった。寂しさに狂いそうになる。

だが、これから雅貴はこの終わりのない寂しさと戦っていかなければならない。愛する気持ちを抱えたままの今の状態では、それは一層苦しさを増すだろう。

寂しさを埋めるために、たとえ伴侶を決めたとしても、愛のない結婚では相手と心を通じ合わせることもできず、結局は心の溝を深めるばかりのような気がする。

どんなに努力をしても、カフィヤをきっと忘れられないだろうから。

心に違う人間を住まわせて、別の人間を愛するふりをし続ける器用さなど、雅貴は持ち合わせてはいない。

だが結局、偽りを演じながら、心の中に孤独を抱えて生きていくしかないのか——。

「……違うか」

ふと雅貴は気がついた。

「お前が一緒にいてくれたな、聖獣」

雅貴はぽつりと呟いた。

雅貴に居場所を与えてくれたが、同時に孤独も与えてくれた相棒だ。いや、雅貴が勝手に敵対している王子を好きになったのだから、それを聖獣のせいにしていては、聖獣としては八つ当たりに近い状態なのかもしれない。

「しばらくは誰とも肌を重ねたくない。お前も粗食に耐えてくれよ」

なんとなくシュンと項垂れた聖獣が目に浮ぶようだ。

「確かに亮殿の言う通りだな」

雅貴は昨夜の亮の言葉を思い出した。

『――逃げずにこの聖獣と一緒に生きていこうって心を決めたんです』

あの時も亮の言葉がわかったような気がしていたが、実際は今、胸に届いたような感じだった。聖獣と一緒に生きていくということは、こうやって向き合うということなのかもしれない。

これから互いに譲歩しながら、上手につき合っていくしかない。そうしたら、きっと雅貴にもよかったと思える日が来るのかもしれない。

「根拠のない未来を信じるのは好きではないが、たまにはそれも面白いかもしれないな」

すると聖獣が喜んでいるような感覚が生まれた。それと同時にじんわりと甘い疼痛が躰の奥底から生まれる。聖獣が腹がすいたと訴えているようだ。

「お前は昨夜、あれだけ男を食らったんだから、今日は粗食だからな」

そう言うと、雅貴は恐る恐る自分の下半身へと指を伸ばした。

聖獣に対して粗食と称したのはこのことだ。

自慰などほとんどしたことがなかったので、あまりテクニック的なことはできない。だが、他人との接触をなるべく避けたい今、己の手で慰めて聖獣を取りあえず満足させるしかない。

「んっ……」

すでに下半身に熱がこもっていた。雅貴の手を待っていたかのように、触れるだけで軽く頭を擡げた。柔らかくゆっくりと己を扱きだす。

途端、淫猥な熱が雅貴を猛襲する。眩暈《めまい》がしそうなほどの快楽に息が上がるほどだ。

「あっ……はあっ……」

自分で自分を愛撫するという酷く淫らな行為に、余計興奮する。

カフィヤはどうやって触ってくれただろうか――。

カフィヤの指先を思い出しながら、その真似《まね》をする。

「カフィ……ヤ……」

グチョグチョと濡れた音が、漏れ始めていた。彼の指ほど巧みではないが、それでもカフィヤを思い出させる動きは、雅貴を興奮させた。

「はあっ……ああっ……」

全身から熱い飛沫が駆け上ってくる。激しい稲妻のような電流に意識が流されそうになりながらも、指の動きを激しくした。

「ああっ……」

雅貴の躰中の穴という穴から、欲望が滾り溢れ出す。躰の内側から官能の焔で炙られてい

るようだった。

はあっ……。

自分の指からもたらされる淫蕩《いんとう》な疼きに気が遠くなる。

『雅貴……』

刹那、耳に残っていたカフィヤの声が雅貴の脳裏にこだまする。

「カフィヤ……これでは達けな……いっ」

目の前にいない男に文句を言う。あの男に慣らされた躰は、雅貴の拙《つたな》い愛撫では到底満足できなかった。

滴り落ちる愛液に指がしとどに濡れる。雅貴は震える手を片方は下半身を扱きながらも、そのまま臀部へと移した。腰を浮かし、指を真下へと挿入する。そこには甘くひくつく蕾があった。

その際を指の腹で撫でてみる。途端、ぴりりと痺れを伴った甘い感覚が生まれる。

「あ……」

雅貴は躊躇しながらも指をゆっくりとそこへ挿入した。

自分でそこに指を挿れるのは初めてだ。温かく柔らかい内壁に驚きながらも、カフィヤによって教えられたある場所へと指を動かす。

「んっ……」

カフィヤはここをよく引っ掻いたり、柔らかく突いたりして雅貴を翻弄した。雅貴も同じように指を動かした。

「あっ……ああああっ……」

カフィヤのように上手くできないが、それでもえも言われぬ快感が雅貴の躰を突き抜ける。もう後は、無意識に自分の欲望を扱き、そして体内を指で掻き回すだけだった。その狂おしいほどの快楽に雅貴の喉が大きく仰け反る。

「くっ……」

雅貴は自分がどんなに淫らな姿をしているのか理解していたが、もう理性で手を止めることができはしなかった。

……いいっ……ああああっ……。

瞬間、頭の中が真っ白になった。

ああああっ……！

己の欲望を吐き出す。白く濁った汁が勢いよく床に飛び散った。すべての情熱が外へと迸る。

「はあっ……んっ……はああっ……」

雅貴はそのまま床に伏した。火照った躰に冷たい床が心地よい。

寂しい……。

達ったばかりだというのに、胸に湧いた感情は満足感ではなく寂寥《せきりよう》感だった。カフィヤがいないのだ。ここには……。

恍惚とした感覚を得ながら、一気に奈落の底へ突き落とされる気分を味わった。だがその心情とは裏腹に、すぐに躰が次なる快感を求めだす。どうやら聖獣はこれだけでは足りないようだ。

雅貴は溜息をつき、聖獣に声をかけた。

「だめだ、今夜はこれでおしまいだ。言っただろう？　粗食に耐えろって。これで嫌だというなら、絶食だからな」

聖獣が小さく呻くのを耳にしたような気がした。

「昨夜から寝てないんだ。今日はもう寝よう」

雅貴は聖獣の抗議を無視し、早めに寝ることを提案したのだった。

ふと気がつくと、雅貴は真っ白な空間で横たわっていた。空も海も大地も何もない、あるのは白い空間だけの世界だ。

ここは――？

様子がおかしいと思って起き上がると、すぐ脇に大きな銀色の狼が座っており、こちらをじっと見つめていた。

「――お前は、あの時の狼だね。ということは聖獣か」

狼は銀の毛並みをした美しく大きな獣だった。こんなに近くにいて普通であったら命の危険を感じてもいいはずなのに、見ていても不思議と恐怖を覚えることはなかった。

銀狼が鼻先を雅貴に引っつけてきた。犬とは違うその大きさに少しだけ驚く。

『俺の我儘《わがまま》に巻き込んで、悪かった』

頭の中で声がした。慌てて雅貴が辺りを見回しても人らしき影は一つもない。手元の銀狼と目が合い、そういえば以前もこの狼が話しかけてきたことを思い出す。

「そうだった、お前、話せるんだったな」

すると、雅貴に応えるように鼻先をまたすり寄せてきた。

『お前を我儘につき合わせた詫《わ》びに、必ずお前とこの国に幸福と繁栄、平和……すべてを与えてやる』

「そうだな。諸外国から搾取されないような国になりたい。国民が豊かになり、一国として経済的自立ができるようになれたらいい――」

王子として願うべきことを口にした。すると狼が怪訝《けげん》な様子を見せた。狼相手に「怪訝」

とは変だとはわかっているが、そう感じたのだから仕方がない。

『素直ではないな――』

「素直でない？」

これまたおかしなことを言われ、今度は雅貴が怪訝な表情を浮かべた。すると狼は鼻先を離し、雅貴をまっすぐに見上げてきた。

『お前も幸せにしてやる。だから心配するな』

「私も幸せに――？」

まるで狼から求婚でもされているようで、ちょっとおかしくて笑みを零すと、狼がムッとしたように見えた。

『おい。誤解のないように言っておくが、俺には愛する伴侶がいるからな』

少し意外な言葉を耳にし、雅貴は改めて銀狼に視線を合わせた。

「伴侶、いるんだ……」

狼は愛情深い動物で、番《つがい》とは死ぬまで一緒にいると聞くが、この聖獣もそうなのだろうか。この聖獣も愛する伴侶と離れて、もしかしたら雅貴と同じで寂しいのかもしれない。

寂しい者同士なんだ……。

そんなことで聖獣に親近感が湧く。すると狼がぺろりと雅貴の頬を舐めた。

『――依り代の幸せは俺の幸せだ。だから、泣くな』

え——？

聖獣に言われて初めて気づいた。雅貴が頬に指を当てると濡れているのがわかった。知らず知らず泣いていたようだ。

「……お前、意外といい奴だな……」

雅貴は狼の首に腕を回し、抱き込んだ。獣特有の匂いもしたが、いい香りもした。これがきっとフェロモンの香りなのだろう。

ぎゅっと抱き締めると、聖獣がぼそっと呟いた。

『……おなかがすいた——』

雅貴は泣きながらも声を出して笑った。

❖❖❖❖

夢から覚めると、すでに夕方近くになっていた。久々にゆっくり寝たようだ。

ふと鼻先を甘い香りが掠める。聖獣の匂いだ。やはり昨夜の夢は現実だったのかもしれない。

それにしても聖獣と言いながら、どこか人間っぽい生き物だった。

雅貴が起きた気配を感じて、昨夜と同じ従者がやってくる。着替えを済ませ、食事を食べ終わると、今度は母が顔を出した。

「母上、どうされましたか？」

「具合はいかがかしら？　食事はたくさん食べられましたか？」

母がまるで幼い子供に尋ねるようなことを口にする。

「ええ、食べましたよ。母上、いきなりどうされたんです？」

「いえ、昨夜は食事もせずに寝てしまったと女官から聞いたものですから……」

ようするに心配で見に来てくれたようだ。

「少し顔色が悪いようですね」

「そうでしょうか？」

首を傾げると、母が言いにくそうに口を開いた。

「聖獣の食事のほうが進んでいないと聞いています。果実があるとのことですが、それだけで大丈夫なのですか？」

母が心配していたのはそちらのことなのかと気づく。

「聖獣は精気を糧としていると聞き及んでおります。それがなければ衰弱して死に至るとか。お願い、気が進まないのはわかりますが、どうか夜伽を務める者をお側に置いてはくれませんか」

「母上……」

「今のあなたの顔も少しやつれていますよ」

「大丈夫ですよ」

聖獣には絶食をさせているわけではない。粗食ではあるが快感を与えているのだから、死ぬようなことはないはずだ。

心配性の母を安心させるために笑顔で答えたが、功を奏さず、母の顔はさらに心配そうに顔を歪めた。

「雅貴……、あなた、もしかしてアデルに好きな方がいるのかしら？」

「え？」

雅貴は思わず母の言葉に息を飲んだ。一方で女の勘の鋭さに驚きもする。

「私は敵国だと思ってアデルからあなたを無理やり連れてきてしまったけど、もしかしたら、アデルに心を寄せる方がいたのではと、今になって気づいたの。あなたが留まりたいと口にしたのは、きちんと考え抜いたうえの言葉ではなかったのかと……」

母の問いに答えることができない。母の言う通りであるが、相手が相手だ。これ以上母に心配させたくもなかった。

「好きな方がいるのなら、依り代に振り回されることなく、あなたの好きなようにしていいのよ。連れてくることに必死になって責任を持ちなさいと口にしてしまったのは私で、今さらこんなこと言えた義理ではないのですが……」

「母上……」

「私もあなたのお父様と知り合って、駆け落ちをしましたが、今でもそれに関しては後悔しておりません。自分の立場や周囲のことを考えて、彼と駆け落ちをしなかったら、あなたも生まれていなかったし――私のその後の人生は偽りでしかなかったでしょう」

母がそっと雅貴を抱き締めてきた。子供の頃は母の胸にすっぽりと顔を埋めることができたが、今はもう母のほうが小さくなり、雅貴が彼女を抱き締める形となって久しい。

それだけ長い月日、親子の愛情が二人の間で育まれてきた証拠だ。

「私の一番の喜びは雅貴、あなたが幸せでいることなの。できればずっと側にいて欲しいけど、それはあなたが幸せでなければだめなのよ」

「もし――」

雅貴は一つだけどうしても母に尋ねたいことがあった。

「もし、私の伴侶が男性で、子供ができないことになっても、母上は構いませんか？」

もし雅貴がすべてを捨てて、カフィヤに添い遂げるようなことがあったら、母に孫の顔を見せられない。それは母の小さな喜びを取り上げることになるまいか。

だが母は一瞬だけ驚いたような顔をして、すぐに少女のような悪戯っぽい笑みを見せた。

「あなたが依り代になった時からそれは覚悟しております。あなたが好きな人と一緒になってくれれば、それが母にとって一番の幸せなのよ。孫なんて、そんな先まで考えていたら、あなた、幸せを逃してしまうわよ」

「幸せを逃す――」

母の言葉がダイレクトに雅貴の胸に落ちてくる。

カフィヤを失うことに心が耐えられるだろうか。雅貴自身、偽りの人生を歩むようなことにならないだろうか――。

心の中で嵐《あらし》が荒れ狂うようだ。何もかもぐちゃぐちゃで、どうしたらいいのかわからないほど風が吹き荒れる。

不安に苛まれ、思わず母を抱き締める手に力が入ってしまった。

「雅貴？」

母の手が雅貴の背中を擦った時だった。急に部屋の外がざわついた。

「どうしたのです」

母が外に声をかける。すると従者の一人が現れて、外の様子を説明した。

「ご歓談中に恐れ入ります。国王陛下よりシーア姫、雅貴王子をお連れするように命じられたとのことで、側近の方たちがお越しになっております」

「陛下からのご命令？」

母の視線が雅貴に戻る。雅貴も突然の呼び出しに理由がわからず母の瞳を見つめ返すばかりだ。

「よい、通せ」

雅貴が従者に告げると、すぐに側近らが部屋へと入ってきた。

「何かあったのか?」

雅貴が問うと、側近らは頬を紅潮させ頭を下げた。

「おめでとうございます。依り代様である雅貴王子に真の伴侶が現れました」

「え……」

いきなりのことで、雅貴の思考が一瞬真っ白になる。

「すぐに王の間にいらしてください」

雅貴はただ呆然《ぼうぜん》とその側近の言葉を聞くしかなかった。


国王がプライベートで使う部屋には、すでに数人の側近や、ごく身近な王族らが集まっていた。

雅貴も依り代になったことで、席を国王の隣に用意をされている。母も依り代の母として雅貴の隣に席を与えられた。

側近らが国王、そして依り代である雅貴に頭を垂れる。そのうちの一人が祝辞を述べだした。

「国王陛下、依り代様、このたびは真のご伴侶の出現、おめでとうございます」

話が雅貴の知らないところで次々と進んでいくような感じがし、雅貴は慌てて言葉を止めた。

「待ってください。真の伴侶って……そんなに簡単に決まるものではありません」

「それが真の伴侶に出るとされる明星の痣が現れたのですよ」

明星の痣。依り代の真の伴侶に現れるという星の形をした痣だ。

「一体、どなたに現れたというのですか」

「私だ」

大臣の後ろから声がする。視線を向けると、そこには第三王子のザイールがいた。雅貴を誘拐し、あまつさえ陵辱した男だ。アデルで捕まっていると思っていたが、父である国王に泣きつきでもしたのだろう。早々にシーディアに戻ってきていたようだ。

二度と会いたくない男だった。

「義兄上……」

しかもこの男はアメリカと手を組んで、アデルに戦争を仕掛けようとしていた下衆《げす》だ。シーディアのためを思っての行為かもしれないが、諸刃《もろは》の剣で祖国さえも危険な目に遭わせようとしている。とても依り代の真の伴侶としてふさわしくない。

この男のことだ。多分依り代の名前を利用して戦争を企んでいるに違いない。雅貴としては、それは絶対阻止しなければならない。

雅貴はザイールを睨みつけるが、ザイールは雅貴の気持ちなどお構いなしで、笑顔を向けてきた。

「雅貴、私は祖国のことを思って、お前を利用しようとしたが、それも愛ゆえだと気づいた。お前がアデルにいるのが許せなかったんだ。嫉妬で気が狂っていたんだ」

「な、何を馬鹿げたことを……」

「馬鹿げていない。ほら、証拠にこれを見よ」

そう言って、ザイールが左手首を見せてきた。そこには星型の痣があった。

「真の伴侶である証拠だ。私たちは実は心から惹かれ合っていたんだよ。だから私もあんなことをしてしまった」

「っ……」

意味ありげに言われ、雅貴はカッと躰が熱くなった。

あの夜にこの男から受けた屈辱については国王や母、ここにいる誰にも知られたくない。雅貴の記憶からも抹殺したい出来事だ。

雅貴がショックで口が利けないのをいいことに、ザイールはさらに言葉を続けた。

「お前が義弟であることに、常に不満を漏らしてすまなかったな。本当は義弟ではなく恋人として側にいたかったから、それが叶えられず、ついお前に辛く当たってしまった」

嘘だ。義兄は本気で日本人の血が流れている雅貴を疎んでいた。

雅貴は国王に向かって懇願した。

「国王陛下、私は義兄と伴侶になる気はありません。どうぞこのお話はなかったことに」

「しかし雅貴、聖獣が選んだ伴侶であるぞ？　ならば、ザイールはお前を苦しみから救ってくれるはずだ。だが、お前がどうしても嫌なら、まだ正式には発表を控える。よく考えてみるがよい」

「ありがとうございます。国王陛下」

雅貴がとりあえずホッとして頭を下げると、横からザイールの声が割り込んできた。

「父上、私と雅貴とは今までのことで溝が少々ありますが、必ず私の愛で、彼の頑《かたく》なな心を溶かし、シーディアの未来を明るいものにしていきたいと思っております。そのためにも早々に真の伴侶として認めていただきとうございます」

「頼もしいな、ザイール。だがお前は今回のことで謹慎中の身だ。雅貴の心が固まるまでしばらく待つがよい」

「しかし！」

なおも言い募るザイールを国王は軽く窘めた。

「お前の失態でアデルに大きな借りを作ってしまった。しかも未遂であっても、国を裏切る行為までしたのだ。今回の依り代の伴侶の件がなければ、当分外には出られぬ身だったのだぞ。少しは控えよ」

国王に戒められ、ザイールの表情がわずかに歪む。

「もう二度と、今回のような失態をすることはありません。あちらに作った借りもすぐに返してみせます」

深く頭を下げ、雅貴にちらりと視線を移した。そして含みのある言い方で言葉をつけ足した。

「――それに私には依り代様がついておりますしね」

「っ……！」

まるで雅貴をいいカモとでも思っているかのように見つめてくる。

嫌だ――。

こんな男、絶対伴侶になんて認めたくない――！

その時だった。衛兵らしき声がドアの向こうから響いてきた。

「おやめください！　ただ今緊急の会合が開かれております。しばしお待ちくださいませ！」

衛兵の言葉遣いから、外にいる人物が身分の高い人間であることはわかる。

「どうしたのだ」

国王自らが問うと、すぐに近くにいた従者が部屋の外へと駆けていった。

だが。

従者がドアを開けた途端、一人の男が強引に入ってきた。

「失礼する」

どこか猛禽類を想像させる鋭い双眸がまず目に飛び込んだ。そしてアラブ人特有の褐色の肌に覆われたバランスのとれた体軀。

——アデルの第四王子、カフィヤの姿がそこにはあった。

「カ……フィヤ」

姿を目にしただけで雅貴の声が震えた。魂ごと躰が引き寄せられるような、眩暈にも似た錯覚を覚える。

「これはこれは、カフィヤ殿下。先日はいろいろとご協力ありがとうございました」

側近の一人が声をかけるものの、カフィヤはそれを無視し、国王の——雅貴の目の前までやってきた。そしてそこで一礼し、顔を上げた。

「突然の訪問、失礼いたします。今、少し耳に入ったのですが、雅貴殿下に真の伴侶が出現なさったとか?」

冷たく低い声だった。どこか苛立ちさえ感じる声に、雅貴の鼓動が大きく跳ね上がる。カフィヤにだけは聞かれたくない話だった。

「ここにいる我が国の第三王子ザイールに、めでたく明星の痣が現れたのだ」

国王がザイールをカフィヤに紹介した。カフィヤの視線がザイールに移ったのを見て、雅貴の心が千切れんばかりに痛みを発した。

もうだめだ――。

カフィヤは私を諦めてしまうかもしれない。

そう思うだけで血の気が引いた。

しかしカフィヤは淡々とした表情で口を開いた。

「不思議ですね。私にも明星の痣が出現したのですが、依り代の真の伴侶というものは、そうも何人もいるものでしょうか？」

「え――」

カフィヤの思わぬ発言に皆が驚く中、カフィヤは衣服の襟元を鎖骨の辺りまで引っ張った。

「なっ……」

カフィヤの鎖骨の上には、星型の痣がくっきりと浮かんでいた。

「明星の痣だ！　アデルの王子にも明星の痣が現れた！」

室内が騒然とする。誰しもが己の目を疑いたくなった。有史以来、真の伴侶が複数現れるということなどなかった。

「どういうことだ……これは」

カフィヤはザイールに向かって手を伸ばした。

「ザイール殿下、こちらへ来て、あなたの痣を見せてはいただけぬか？」

カフィヤの声にザイールの躰が目に見えてびくんと震えた。

「みょ……明星の痣は聖なるものだ。他国の人間に見せるものではない」

ザイールはそう言ってその場から立ち去ろうとした。しかしそこに国王の鋭い声が響いた。

「ザイール、カフィヤ殿下にお見せするんだ」

「ち……父上」

ザイールが青褪《あおざ》めるのがわかる。彼もこれ以上どうしたらいいのかわからないようで、渋々カフィヤへと近づいて、左腕を出した。

「失礼する」

カフィヤは差し出されたザイールの左腕を手にとると、痣が現れたという手首を見た。そしてすぐにその痣を親指の腹で擦る。すると痣が滲み、指が擦る方向へと伸びた。

「……っ」

カフィヤの隣で、息を飲むザイールの声なき声が上がった。

「この痣……インクか何かで描かれたのですか？」

一瞬、カフィヤの唇に意地悪な笑みが浮ぶのを雅貴は見逃さなかった。最初からザイールの小細工に気がついていたようだ。

「ザイール！　お前はなんということを！」

国王の叱責が飛ぶ。

「ち、違うのです！　父上！　義弟が……雅貴がこのまま幽閉されるのかと思うと、可哀相《かわいそう》で、どうにかしてやりたいと……」

「もうよい。ザイール、お前の話は後でゆっくりと聞く。衛兵、この愚息を部屋に監禁しておけ！」

「父上！」

衛兵に両脇を抱えられながらも、ザイールはまだ下手な言い訳をしようとあがくが、国王は一切耳を貸す仕草さえも見せなかった。

「申し訳ないですな、カフィヤ殿下。またもや見苦しいところをお見せした」

「いえ、依り代の真の伴侶という立場は、権勢欲のある者においては大変魅力的なものです。ザイール殿の執着も理解できるというものです」

カフィヤの視線が雅貴に向けられる。雅貴はいまだ信じられない思いでカフィヤを見つめていた。

カフィヤが……真の伴侶！

とてもではないが信じられない。そんな都合のいい話があるわけがない。

だがふと聖獣の言葉を思い出した。

『お前も幸せにしてやる。だから心配するな』

あ――。

まさかこの身に宿る聖獣が、カフィヤの身に徴《しるし》をつけたのだろうか。

今度は亮から聞いた話を思い出す。

『――依り代が真の伴侶の見分けがつくように痣が導いてくれるのではないでしょうか』

亮の言う通り、聖獣がカフィヤを真の伴侶と認め、雅貴に教えてくれたのだ。

雅貴はカフィヤを改めて見つめた。最初の印象は最悪だった。こんな傲慢な男とは気が合わないと思い込んでいた。

だが、それはこの男の魅力を知らなかった頃の雅貴の意見で、今の雅貴にとって、この男ほど愛する者はいなかった。

「国王陛下、私の痣も検分されますか？　もしかしたら、私もシーディアでの権力を狙う輩かもしれませんよ」

「貴殿の痣については、私ではなく我が国の依り代が判断してくれるだろう。偽の痣で騙そうとしていたザイールを頑なに拒んだのも、雅貴の依り代の力ゆえだと思うしな。さて雅貴、カフィヤ殿下を伴侶にするか？」

部屋にいる人間の視線が一斉に雅貴に向けられる。

「私は……」

声が震えて上手くしゃべれない。この期に及んでまだ不安もある。だが、後悔はしたくない。彼を選んで一歩一歩前に進みたい――。

「私はアデル王国、第四王子、カフィヤ・ビン・アラバムータ・ラデマン・スリア王子を伴侶として認めたいと思います」

室内がどよめいた。誰もが真の伴侶の新たな出現に、驚きを隠せない様子だ。その中でカフィヤが突然、鷹揚に雅貴に手を差し伸べた。

「来い、雅貴。私の元へ」

その傲岸不遜な態度は、普段なら雅貴の気に障るところなのに、今はなんともカフィヤらしく感じて雅貴は笑ってしまった。

雅貴は椅子から立ち上がり、カフィヤに駆け寄るも、それさえも焦《じ》れったくなり最後には飛びついた。カフィヤがしっかりとした体躯で雅貴を受け止めてくれた。

「カフィヤ……」

まだ彼と別れて二日ほどしか経っていないのに、久々に彼の体温を感じた気がして、情けなくも胸が締めつけられるような思いがした。

「雅貴――っ」

カフィヤが力強く抱き締めた。絶対離さないという彼の強い意思が雅貴にも伝わってくる。

「私はここに宣言する。雅貴王子を伴侶とする代わりに私は国を捨てる。彼と共にシーディアの繁栄を祈り、この国に骨を埋めるつもりだ」

「カ、カフィヤ！」

彼の爆弾宣言に雅貴だけではなく、この部屋にいた人間全員が一驚を喫した。

「まずはアデルからの持参金の一部として、国境問題となっているバルデ村を我が国は放棄し、シーディアのものと認めることにする」

「なんと……」

今度ばかりは国王もさすがに声を上げずにはいられなかったらしい。驚きを隠せず、カフィヤと雅貴を見つめてきた。

「ここにそれについて書かれた文書があります。我が父王のサインが入っているものです」

カフィヤは自分の従者から文書を受け取ると、それを開けて見せた。確かにアデル国王のサインが入っていた。

バルデ村を巡る国境問題は両国間での戦争の火種になる可能性が高いものだった。それが一気に解決となれば、誰も文句の言いようがなかった。

カフィヤは雅貴を手に入れるために、誰にも結婚を反対されぬ切り札を用意していたのだ。

だが、その切り札を手に入れるまではきっと困難を極めるものだったに違いない。

「カフィヤ、いいのか？」

「いいも糞《くそ》もない。お前を手に入れるためには必要なことだ」

カフィヤの衒《てら》いのない言葉に、雅貴は彼の胸に顔を埋め頷いた。この男をどうしようもなく愛している――。たとえ真の伴侶でなくとも、選んでいたに違いないほどに。

ふと雅貴の躰が宙に浮く。いきなりカフィヤが抱き上げたのだ。

「カフィヤ！」

「国王陛下。これより取り急ぎ、真の伴侶の務めである依り代様の発情を抑えねばなりませぬので、このまま失礼させていただきます」

「な……何を」

あまりの直接的な物言いに、雅貴の顔が真っ赤に染まる。ここにいる誰もに、今から雅貴とカフィヤが何をするか公言したようなものだ。

国王も含め、皆が呆然としている中、視界にちらりと入った母だけは嬉しそうに笑みを浮かべていた。心から雅貴の幸せを祝福してくれているのが見てとれた。

母上、ありがとうございます……。

心の中で母に感謝していると、雅貴を抱えたカフィヤが踵を返した。

「雅貴、お前の部屋はどこだ？　まずは抱くぞ。私もお前に飢えている。どうやらお前の発情期が私にも移ったようだ」

雅貴自身も、耳まで真っ赤になっているのがよくわかる。全身が熱で沸騰したようだ。だが、カフィヤの意見に反対する気はまったくなかった。恥ずかしいなりにも、雅貴は指で自分の部屋の方向を示した。

それは幸せへの第一歩だった。

「あっ……」

部屋に入るなり、ベッドに押し倒される。そのまま荒々しく服を破るようにして脱がされた。

「躰はもう大丈夫なのか？」

「そんなことを心配するくらいなら今からのお前の体力の心配でもしていろ」

カフィヤの余裕のなさに、雅貴は彼がどれだけ自分を欲してくれているのかを感じ、ますます彼を愛おしく思う。

彼の衣服を脱がす手が止まる。カフィヤの視線が雅貴の股間にいっていることは、嫌でもわかった。

「な……に？」

気になって尋ねてみると、彼が人の悪い笑みを浮かべた。途端、聞くのではなかったと後悔するが、もう遅い。

「もう濡らしているのか？　雅貴」

カフィヤの言葉通り、雅貴の下半身は触られてもいないのに、期待に震え、すでに先端にぷっくりと雫を溢れ出していた。

「そういえば、以前も濡らしていなかったか？　早いな」

最初に抱かれた北の塔でのことだ。あの時は発情したばかりで、どうしたらいいのかわからず、もがいていた。

そこにいきなり現れたかと思うと、雅貴の躰を嵐のように奪ったのだ。この男は――。

あの時は、この男のことをこんなに愛するようになるとは思ってもいなかった。発情で苦しむ雅貴を手籠めにし、酷い男だと憎んだりもした。

だが――。

今はこの手がなければ生きていけないと思えるほど、カフィヤを欲している。カフィヤと共に生きていかなければ、自分の人生は偽りでしかないと感じるほど、この男を愛している。

「……お前に触られると思うだけで、こうなるんだ。責任を取れ」

ぷいと顔を逸らし、カフィヤのせいにする。すると彼は吐息だけで笑いながら、雅貴の手をとり、その甲に唇を寄せてきた。

「シーディアに戻ってきてから、誰とも寝ていないのか？」

確かめるように聞かれ、ちょっとだけムッとする。そんなことするはずがないのに、聞くほうが間違っている。

「……寝ていない。お前以外と誰が寝るか」

「操を立ててくれていたのか？」

その質問に思わず言葉を詰まらせると、カフィヤの唇が笑みを刻んだ。

「笑えばいいさ。馬鹿にすればいい、カフィヤ」

「馬鹿になんてしていない。お前が可愛すぎて顔がにやけるだけだ」

カフィヤの唇が雅貴の耳朶を食《は》む。ぞくぞくとした淫猥な痺れがどこからともなく湧き起こった。

「自分でもやっていなかったのか？」

「……やった。お前を思い出して」

そう答えた途端、カフィヤが小さく唸った。そのまま倒れるように雅貴の首筋に顔を埋める。

「カフィヤ？」

どうしたのかと思い、名前を呼ぶと、カフィヤが顔を上げた。

「っ……さすがにお前に言われるとクるな。男冥利につきるというのは、こういうことを言うのだな」

「そ、そういうお前は……私を思い出して、その……やってないのか？」

一瞬カフィヤが瞠目する。雅貴にまさかそんなことを聞かれるとは思ってもいなかったようだ。だがすぐに双眸を細め、笑いだした。

「さすがに私もそこまでの精力はないな。昨日まで毒ヘビのせいで寝込んでいたんだからな。それに意識が戻ったら、医師から痣ができているなどと言われたから、お前を手にいれるために父王を口説き落としたり、その他にもいろいろ画策して、そんな暇もなかった。だからお前は責任もって、今夜は私を満足させろ」

そう言いながら、カフィヤは今度は雅貴の瞼に口づけを落とした。

「あっ……」

そんな行為にさえ、躰の芯が甘く痺れ、つい声を上げてしまうと、またカフィヤが愉しそうに笑った。

「どうして今日はそんなに素直なんだ？　素直すぎると可愛くて、もっと苛めて酷く啼かせたい気分になる」

彼の愛情を疑うような言葉を耳にし、雅貴の眉間に皺が寄った。

「……お前は私のことを本当に愛しているのか？」

一応確認したくなる。だがカフィヤは何を言っているとばかりの不満顔で、堂々と答えてきた。

「愚問だ。お前のことを愛していなければ、誰がバルデ村を手放すものか。あれはアデルの国にとってもかなりの痛手だ」

確かにそうだ。何しろあそこにはかなりの石油の埋蔵量があるのだから。

「この際だから、はっきり言ってやる。初めて見た時から、お前をどうにかしたかった。淫らなことを仕掛け、この手でお前をいやらしい体液でどろどろにして啼かせたかった。お前の啼いて善がる姿は絶品だからな。私の神経が焼き切れそうになる」

「っ……どうしてそういうことを」

「愛しているからだ、雅貴」

四肢をシーツに縫い止められ、上から見つめられた状態で告げられる。

「んっ……」

カフィヤの視線に雅貴の躰が反応してしまった。

「私が過去、無理やり抱こうとしたのもお前だけだ。本来は嫌がる相手を抱くのは趣味じゃない。生で中に出すほど余裕をなくしたのもお前だけだ」

「どうしてそういう生々しいことを……あっ」

途端、彼の指の腹が雅貴の胸を弄ってきた。ビリッと鋭い電流のようなものが背筋を駆け上る。

同時にカフィヤが再びキスを仕掛けてきた。雅貴は彼の背中に手を回すと、そのまま強く引き寄せた。

欲しい——。

カフィヤが欲しい——。

もう、聖獣の声なのか雅貴自身の声なのかわからない。

彼の舌が雅貴の歯列を割り、口腔を丁寧に弄ってくる。蠢くカフィヤの舌に雅貴は自分の舌を絡ませ、懸命に応えた。

唾液がこんなに甘く感じるのもカフィヤとのキスだけだ。

彼が真の伴侶だからだろうか。カフィヤに触れるだけで、雅貴の躰の奥で快楽の焔が次から次へと灯るのを感じずにはいられない。

「カフィ……ヤ」

名前を呼べば、彼が優しく雅貴の頬を撫でてくる。

「雅貴、愛している。もう二度とお前を離したりはしない——」

頬を撫でた彼の指は、そのまま雅貴の唇をなぞり、ゆっくりと胸へと移っていく。すでにぷっくりと腫《は》れた雅貴の乳頭を指で摘んだかと思うと、そのまま軽くピンと弾かれた。

「あっ……ん」

狂おしいほどの快感が、肌が粟立《あわだ》つ感覚と共鳴し、雅貴に襲いかかってくる。聖獣が目を覚まし、快楽に飢え始めた。

正直な雅貴の下半身がさらなる快感を求め、震えた。

「たまらないな、お前の色気は。男殺しだ。絶対、他の男には見せたくない」

苦しげな声でカフィヤが呟き、雅貴の肌を確かめるかのように、腰のラインを手で触る。

敏感になった皮膚の上をカフィヤの指が滑るたびに、触れられた場所が熱く火照り、淫猥なざわめきを生み始める。

「躰が熱い……っ」

ほんのわずかだけ躰に絡まっていた衣服を取り払われる。一糸纏《まと》わぬ姿にされ、すべてをカフィヤの前に晒す格好となる。

「あ……カフィヤ」

彼の双眸が、満足げに細められた。

「綺麗だ、雅貴」

その甘い声に、雅貴の下肢からぞくぞくとした疼痛が湧き起こる。それは熱い血潮となって、雅貴のあらゆるところから噴き出しそうになった。

彼の声だけで達けそうだ——。

カフィヤの猛々しい雄が雅貴の太腿に当たる。彼自身も硬く張りつめ、火傷《やけど》しそうなくらい熱くなっていた。

雅貴の腰が自然と揺れ始める。早く彼が欲しいのに、カフィヤは意地悪をして、なかなか直接的な刺激を与えてはくれなかった。

「カフィヤ……っ」

彼を求める。するとカフィヤの形のいい唇が、雅貴の下半身の先端に音を立ててキスを落とした。

「あ……」

じんわりとまた痺れが生まれる。しかし緩やかなはずのそれは、狂おしいまでの享楽へと姿を変え、雅貴を追い詰める。

「私が欲しいか?」

先端を舐められながら問われる。黙っていると、カフィヤは雅貴の欲望から唇を離し、太腿のつけ根の辺りに口づけ、痕《あと》がつくほどきつく吸いついた。

「ああっ……」

意地悪に拍車がかかったとしか言いようがない。彼は雅貴の欲しいところに、なかなか快感を与えてくれなかった。

どうやらカフィヤは雅貴の腰が焦れて、淫らに動くのを愉しんでいるようだ。彼はさらにきわどい場所へと唇を移し、下肢に生える淡い茂みに顔を埋めた。敏感な場所に軽く歯を立てられる。

「やっ……」

カフィヤはわざと茂みの中で震える雅貴の欲望には触れず、その周りをしゃぶりだす。

「あう……ああっ……もう、それ以上……はっ……」

「それ以上は？」

「……焦らさないでくれ、カフィヤ。ずっと我慢していたんだ。結婚するまではお前以外、もう絶対触らせないと誓っていたんだ……だから、もう……挿れて」

刹那、カフィヤが小さな舌打ちをしたかと思うと、雅貴の膝裏を肩に担ぎ、荒々しく腰を上げさせた。

「ああっ……」

「この私が余裕をなくすのはお前くらいのものだ」

「だったらもっと余裕をなくせよ！」

「くっ……お前という者は！」

カフィヤが怒鳴るやいなや、雅貴の秘部に濡れた生温かい感触が生まれる。

「んっ……ああ」

「お前が煽ったんだ。多少無理をするかもしれないが、覚悟をしておけ」

蕾の間近で話され、吐息が当たる。そのなんともいえない感覚に腰がまた揺れてしまう。

蕾の周りを舌でつつかれ、驚く間もなく、そのまま舌が奥へと侵入してくる。襞を捲《めく》るように舐め上げられると、もう雅貴は理性を投げ捨て嬌声を上げた。

「ああっ……」

舐めるだけでなく、食んだり、吸われたり、甘く痺れるような刺激は雅貴の蕾を柔らかくほぐし、次に来る凄絶《せいぜつ》な快感を期待せずにはいられなかった。

「あぁ……あ……はあっ……」

カフィアはそこが濡れそぼつまでしゃぶり、舐め回すと、ようやく雅貴を傷つけまいとしているせいか、ゆっくりと指を挿入させてきた。雅貴は我慢できずに、ぎゅうっと強く締めつけてしまう。すると粘膜から彼のわずかな熱が伝わってきて、躰の芯が快感にざわめいた。

「この中に私を挿れてやる」

「……っ、カフィヤ」

この男のすべてが欲しい。

雅貴の中で強い欲求が生まれる。

いやらしい湿った音を出しながら指で掻き混ぜられ、雅貴は自分がすすり泣く声を抑えることができなくなってきた。

あまりの気持ちよさに涙が溢れ、歯を食い縛っても泣き声が漏れてしまうのだ。

いつの間にか指の本数も増え、指を体内で激しく左右に動かされる。そのたびに背筋を恐ろしいほどの快楽が駆け上ってきて、全身が痙攣《けいれん》するようにぴくぴくと動いてしまう。

「挿れるぞ」

我慢できない様子で告げられ、再び高く膝を抱え上げられた。ひくつく蕾に彼の欲望があ

てがわれる。

「あっ……」

彼が待ち遠しく、声が上がってしまう。早くその熟れた屹立《きつりつ》を奥まで挿れて雅貴の心身を満たして欲しい。

ぐっと蕾に圧迫感を覚える。リアルにカフィヤが蕾を犯す感覚が伝わってきた。限界まで襞が広げられ、ゆっくりと熱く滾った熱情が押し入ってくる。

「ああっ……」

ずっしりとした重みが雅貴の中で生まれる。徐々に内壁がギリギリ一杯まで広げられていくのがわかり、雅貴は湧き起こる淫猥な疼痛に眩暈を覚えた。

体内を隙間なくぴっちりとカフィヤに埋めつくされ、充足感さえ感じてしまう。これが真の伴侶の力なのかもしれない。他では得られない感覚――。

雅貴は自分を組み敷く男の広い背中に手を回した。しっかりとした彼の肩甲骨が指に当たる。相手が女性ではないことを触感からも理解するが、嫌悪感どころかカフィヤであることに安堵する。

カフィヤでなければだめなのだ。相手が男だとか女だとか、そんな区切りではなく、カフィヤという人間でなければ、雅貴の心は動かないのだ。

「愛している……カフィヤ……ああっ……」

激しく抱かれながらも、彼に精一杯告げる。

「私もだ、雅貴」

カフィヤは雅貴の二の腕の内側に唇を寄せた。そこからまた煮え滾《たぎ》るような熱が生まれる。その熱は雅貴の全身へと広がり、躰を蕩《とろ》けさせる。

意識が朦朧とする中で、自分を組み敷く彼の顔を見上げれば、そこには快感に濡れた男の素顔があった。

余裕のそぶりを見せていても、カフィヤも雅貴で快感を得ているのだ。その事実に雅貴はどこか嬉しい気持ちになった。

「……雅貴、そんな艶のある顔をするな。反則だぞ」

「えっ……ああっ……」

カフィヤは己の欲望を入口まで引き抜くと、一気に雅貴の奥を穿《うが》った。信じられないほど奥まで彼の情欲で満たされる。じんじんと疼く奥で、雅貴の敏感な場所を何度も擦り上げられ、悲鳴のような嬌声を上げさせられる。

「ああっ……もう……っあ……っ」

もっとカフィヤを感じたくて、雅貴は自らもとうとう彼の動きに合わせ腰を振り始めた。

「いいか？　雅貴」

耳に吐息を吹き込まれ、雅貴の全身がさらに熱を帯びた。

「だ……め、激しすぎ……る……カフィ……あああっ……」

雅貴が音を上げると、カフィヤの抽挿が一層激しくなった。

「はあっ……ん…ああっ……」

溢れ出す熱情に翻弄され、雅貴はとうとう白濁とした熱を自分の下腹部だけではなく、カフィヤの下腹にも飛び散らせてしまった。残滓《ざんし》が艶かしく彼の肌を濡らす。熱に浮かされ、背中を反らせば、自分の中にあるカフィヤをきつく締めつけてしまう。

「っ……」

男の艶めいた吐息が頭上から零れる。途端熱い飛沫が肉襞《にくひだ》に当たるのを感じた。雅貴の襞はそれさえも貪欲に吸収しようと淫らに蠢く。

「カフィヤ――あっ……」

二人の繋がった部分からぐちょぐちょと濡れた音が響く。カフィヤはまだ腰の動きを止めなかった。また腰を激しく動かし始める。

達ったばかりだというのに、彼の嵩のある質感に雅貴は大きく息を飲んだ。

「カ……カフィヤ、もう……だめっ……あっ……」

カフィヤの欲望が抽挿されるたびに、蕾の縁から精液が零れ、雅貴の太腿を伝うのがわかる。かなりの量を中に出されたようだ。

「まだだ、雅貴。まだ二人の蜜月は始まったばかりだ……」

きつく腕に捕らわれて、耳に息を吹き込まれる。

「もう……む、り……っ……ああっ……」

少し勢いがなくなった雅貴の劣情を、カフィヤが優しく扱きだした。

「んっ……」

「まだ足りない。まだだ、雅貴。私の精をすべて受け止めよ」

「カフィヤ――」

二人の夜はこれからだった。

カフィヤ

「……馬鹿。何が蜜月だ」

散々抱かれたせいで、声も掠れ、しゃべるのも億劫《おっくう》になりながらも、雅貴は隣に横たわるカフィヤを睨みつけた。

カフィヤはそんな雅貴に笑みを零した。

「そうだな、私はお前に関しては大馬鹿だな。自覚はある。だからお前も覚悟しておけ」

腰に彼の手が伸びてきて、雅貴は思わずその手を軽く叩いた。

「痛いぞ、雅貴」

痛みなんてないほど軽く叩いたのだから、彼が甘えてそんなことを言っているのは丸わかりだ。

言い返そうと思ったが、彼としばし見つめ合い、恥ずかしくなって文句を言うのをやめた。その代わり、自分の正直な想いを伝えることにした。

何があっても誤解されたくないし、雅貴の本気をカフィヤには知っておいて欲しい。決して生半可な想いではないことを――。本当に愛しているということを。

雅貴は小さく深呼吸をして、自分の想いを口にした。

「……覚悟をしておけだって？　言われなくても覚悟はしているぞ。私はお前を絶対幸せにする。この依り代の名前に懸けて、お前にアデルを捨てさせたことを絶対後悔させない。お前こそ私の覚悟を本気にしろ」

そう言った途端、カフィヤが一瞬瞠目する。だが、すぐに本当に――本当に嬉しそうに笑った。それは雅貴の胸さえもジンとさせるような温かいものだった。

彼を選んで間違いはなかった――。

涙さえ出てきそうになるのを、雅貴はぐっと堪えた。

「頼もしいな。依り代様は」

カフィヤは愛おしそうにそう呟くと、泣きそうになっている雅貴をきつく抱き締めたのだった。

近い将来、アデルの依り代の結婚式に続き、シーディアの国でも依り代とその真の伴侶の盛大な結婚式が行われることになる。

聖獣の裏事情　その2

「レオン！　会いたかった！」

穏やかな昼下がり、亮《りょう》の聖獣、ライオン族のレオンが、アデルの王宮の中庭で静かに読書をしていると、いきなり神狼族のシルバが現れた。

短めに刈り上げた銀の髪の青年、シルバは、一応レオンの伴侶《はんりょ》である。本当なら今頃は聖獣界で暮らしているはずなのに、どうしてか、レオンの目の前に当たり前のように立っていた。

「レオン！」

いきなりシルバが抱きつこうとしてきたので、つい反射的に手にしていた本で彼の頭を殴ってしまう。

あ、しまった――。

だがシルバはめげることなく、レオンの腰を抱き締めてきた。

「痛いじゃないか、レオン」

「突然襲ってこようとしたお前が悪いんだ。それより、お前、どうしてこんなところにいるんだ？」

「お前と一緒に人間界で暮らすために、シーディアの国に降臨した」

「はあ？　お前、私情で降臨を使うなっ！」

「だって、レオンがつれないから仕方ないじゃないか。遠距離恋愛なんかしたら、絶対レオンは俺のこと忘れる」

さすがは一応伴侶だ。レオンの性格をよくわかっている。今でもこの男のことはすっかり忘れていたところだったのだから、彼の言っていることは当たっている。

レオンは彼の追究を誤魔化すために、背中まで伸ばした長い白い髪を鬱陶《うっとう》しげに払って、聞いていないふりをした。

五百歳ほど年下の聖獣、シルバは、レオンがライオン族の出身であるのに対して、神狼族の出身だ。

一般的にはライオン族のレオンのほうが神狼族より躰《からだ》が大きいはずなのだが、このシルバは神狼族でも大型種で、ライオン族よりも大きい。

人型に変化した時もシルバのほうが身長が高くなるのが、レオンの少し気に入らないところでもある。

三百年ほど前に、シルバと決闘をして負けて以来、彼はレオンを自分のものだと決めつけている。

それから力ずくというべきか、情にほだされたというべきか。あれよあれよという間に、公でもシルバがレオンの伴侶だということになってしまっていた。

レオンも取りあえずというのか、一応シルバのことは愛しているし、他の相手ではさせないようなこともさせているのだから、それで満足して欲しいところだが、いかんせんシルバはそれだけでは足りないとばかりに、いろいろと強引なのだ。

「さあ、レオン、早速二人の愛を育もう。依り代をそんなに待たせても悪いしな。さっさとエッチしようぜ」

「シルバ……お前には情緒というものが……えっ？　こらっ！」

シルバは、レオンが話をしている途中だというのに軽々と肩に担ぎ上げた。

「放せ、シルバッ！　依り代を放っておいてそんなことできるか！」

「まったくお前は相変わらず頭が固いな。ＴＰＯをわきまえろよ」

「どっちがだ」

「レオンが、だ。大体時間がないんだ。俺たちには一国を幸せにするっていう大仕事がある。恥ずかしがる時間はない。限られた時間で、しっかり愛を感じ取ることができてこそ聖獣だ。うん、我ながらいい言葉だ」

「まったくよくない！　放せ、シルバ！」

シルバはレオンの言うことなど聞く耳持たず、さっさと近くの部屋へと引きずり込んだのであった。

「サディル、お前は確かラピスラズリのピンだったな」

カフィヤは雅貴《まさき》を連れて一ヶ月ぶりにアデルに里帰りをして、義弟、サディルとその伴侶、亮に会いに来ていた。雅貴は亮と依り代同士、話が合うようで、二人だけで先に茶を飲んでいるはずだ。カフィヤも久しぶりにサディルと二人だけで、雅貴には聞かせられない話をしながら、回廊を歩いていた。

「ああ、尿道を塞《ふさ》ぐピンのことか。亮に悪い虫がつかないように、魔除けの石にしたが、それがなんだ？」

「いや、雅貴にもそろそろ作ろうと思うのだが、石に迷っていてな。雅貴の肌の色に合わせてパールにするか、やはり魔除けの意味でお前とは被《かぶ》らないようにルビーにするか、悩んでいるんだ」

「ああ、それは重要だな。最中にふるふると可愛く震える下半身を彩る宝石だ。勃起《ぼっき》した時の角度を考えて、宝石が綺麗《きれい》に輝くように、カットも特注にしないといけないからな。慎重に原石を選ばないとだめだぞ」

雅貴が聞いたら卒倒しそうな破廉恥な会話を至極真っ当な顔をして二人は続けていた。

「お前に言われなくともわかっている。あれは最も重要なポイントの一つだからな。あと三角木馬のいいものがあると聞いて、それも今作らせて……雅貴？」

ふと視線を前方にやると、雅貴が亮と二人で廊下をうろうろしていた。

「どうしたんだ、こんなところで」

「私と亮殿の聖獣がどうやら知り合いのようで、部屋にこもったまま出てきてくれないんだ。部屋のドアも術がかかっていて、開かないし……」

その言葉にカフィヤとサディルが顔を見合わせる。今度はサディルが問い返した。

「お前たち、聖獣が見えるのか？」

「いつもではありませんが、たまに見えますよね、雅貴殿下」

「ええ、私の聖獣は狼《おおかみ》で、亮殿の聖獣はライオンでしたよね」

平然とそんな言葉が返ってきて、カフィヤもサディルも驚いた。だが雅貴も亮も聖獣をまるで友達のごとく感じているようで、楽しげに聖獣のことを話し始めた。

「きっと聖獣同士で国のこれからについて話し合っているかもしれませんね。しばらくお茶でも飲んで様子を見ましょうか。先日、サディル殿下がイギリスで美味《おい》しい紅茶を買ってきてくださったのです。それを飲みませんか？」

「いいですね」

四人は聖獣を置いて、しばしティータイムに入ったのだった。

「ドアの外で亮の声がする！　放せ、シルバ！」

「大丈夫だ、雅貴もいるから亮も退屈しないさ。それに今こんな格好で出て行けないだろう？　俺もレオンのこんな色っぽい姿、たとえ相手が依り代であっても見せたくないぞ」

確かにレオンは今、すべて服を剝《は》ぎ取られて、一糸も纏《まと》わぬ姿だ。とても彼らの前に出ては行けない。

依り代は波長も合うので、毎回ではないが、時々聖獣の姿が見えたりする。そうなると、レオンの今の姿を見られるわけにはいかなかった。

「策士め」

「レオンを独り占めするためになら、策士にもなるさ」

シルバはその引き締まった躰を惜しげもなく晒《さら》し、レオンに覆い被さってきた。

「シルバ……あまり長くするなよ。亮が不審に思うから」

遠回しに彼と寝ることを承諾する。レオンだとて、やっぱりシルバの体温を感じると、愛《いと》おしく思うのだ。シルバにもレオンの気持ちが伝わったようで、彼の顔に笑みが浮かぶ。

「了解だ、レオン」

「シルバ……」

レオンがシルバの背中に手を回そうとした時だった。その手をガシッとシルバに摑まれ、強く引き寄せられた。彼の顔がすぐ近くに迫る。

「な……なんだ？」

嫌な予感がしながらも尋ねると、シルバが再びにっこりと笑った。

「二人の精液でシーツがぐっしょり濡《ぬ》れるまでやろうな♥」

「なっ……シルバ、ちょっと待て。そんなにお前とやる気はないぞ」

「大丈夫だ。シーツが染みだらけになっても、術ですぐに新品同様に綺麗にできるから、思いっ切り気にせず、やろうな」

「シルバッ！」

今日もアデルの国もシーディアの国も平和に満ちていたのであった——。

知らぬが仏。

あとがき

こんにちは、または初めまして。ゆりの菜櫻です。

今回は「熱砂に秘する獣」のスピンオフになります。と、いってもこれ一本でも話がわかるように書いておりま す。

前作のカップルも少し出ておりますので、また二人の馴れ初めなど興味がありましたら、前作も読んでやっていただけると嬉しいです。こちらはツン攻めです(CM)。

さて、今回はちょっとストーリー構成を変えてみました。『二人が結ばれて終わり』ではなく、結ばれてその先に何かあるような話を書いてみたいなぁ……と思って書き始めたのが、この作品です。

少し違和感があったらすみません。でも、たまにはこんなパターンも面白いかも、と思って書いてみました(汗)。あとラブラブ病にまたかかっておりますので、ラブラブ展開のはずです(汗)。

作品を書くにあたり、どのカップルにしようかと悩んだのですが、前回、えまる・じょん先生のラフがかっこいいのに、あまり出番がなかったキャラ、カフィヤ王子をあのままにするのがとても惜しくて、できればせっかくのイケメンキャラを全面に！　そんな思いでカフィヤを主人公にすることに決めました（笑）。

前回、脇キャラだったとは思えないかっこよさです。えまる・じょん先生、お忙しい中、素敵なイラストをありがとうございました。

このあとがきを書いている最中に、ふと思い出したのですが、そういえば前回の担当様にテロリストのリーダーみたいな男性が気になると言われていたので、そっち主人公もアリだったかもしれないと思ったり（笑）。いろいろと妄想は膨らむばかりです。砂漠って素敵（おい・汗）。

そして担当様、今回もご指導ご鞭撻ありがとうございました。悩ましい事件もありがとうございました（笑）。某サッカー漫画、読んでみたいと思います。

最後になりましたが、ここまで読んでくださった皆様に最大級の感謝を。まだまだ拙くて、日々精進ですが、少しでも楽しいものが書けるように頑張りたいと思います。では、次にお会いできる日を楽しみにしております。

本作品は書き下ろしです

ゆりの菜櫻先生、えまる・じょん先生へのお便り、
本作品に関するご意見、ご感想などは
〒101-8405
東京都千代田区三崎町2-18-11
二見書房　シャレード文庫
「王宮に秘する獣」係まで。

CHARADE BUNKO

王宮《おうきゅう》に秘《ひ》する獣《けもの》

【著者】ゆりの菜櫻《なお》

【発行所】株式会社二見書房
東京都千代田区三崎町2-18-11
電話　03（3515）2311［営業］
　　　03（3515）2314［編集］
振替　00170-4-2639
【印刷】株式会社堀内印刷所
【製本】ナショナル製本協同組合

落丁・乱丁本はお取り替えいたします。
定価は、カバーに表示してあります。

ISBN978-4-576-12110-9

http://charade.futami.co.jp/

CHARADE BUNKO

スタイリッシュ&スウィートな男たちの恋満載

ゆりの菜櫻の本

黄金の砂漠に巻き起こる、熱きラブロマンス！

灼熱に濡れた花嫁

イラスト＝冬杜万智

沙維は留学先のイギリスで、中東某国の王族、ザイードと運命的な恋に落ちた。だが同性の恋人の存在がザイードのスキャンダルになることを怖れた沙維は、日本に帰国してしまう。その二年後、突然何者かに襲われ、意識を失った沙維が目覚めると、そこには自分を押し倒すザイードの姿が……

CHARADE BUNKO

スタイリッシュ&スウィートな男たちの恋満載

あさひ木葉の本

——何もかも、思し召し通りに。

花と暴君

イラスト＝宝井さき

神宮司伯爵家の志叙は長男でありながら亡き母が平民出身のため、一族内で心もとない日々を送っていた。そこへかつて留学中に命を救われた帝国の総督・オズデミルが来日する。志叙は歓待のため吉原へ赴くが、オズデミルが所望したのは志叙自身。神宮司家の商談成功のため身を任せる志叙だったが——。